검은
천사

검은 천사 5
임영기 장편소설

초판 1쇄 찍은 날 § 2016년 6월 13일
초판 1쇄 펴낸 날 § 2016년 6월 20일

지은이 § 임영기
펴낸이 § 서경석

편집책임 § 이지연

펴낸곳 § 도서출판 청어람
등록번호 § 제387-1999-000006호
등록일자 § 1999. 5. 31
어람번호 § 제1-2457호

주소 § 경기도 부천시 원미구 부일로 483번길 40 서경B/D 3F (우) 14640
전화 § 032-656-4452 팩스 § 032-656-4453
http://www.chungeoram.com
E-mail § chungeorambook@daum.net

© 임영기, 2016

ISBN 979-11-04-90846-0 04810
ISBN 979-11-04-90701-2 (세트)

5

눈물매대

。

검은 천사

FUSION FANTASTIC STORY

임영기 장편소설

도서출판 청람

차례

C O N T E N T S

검은
천사

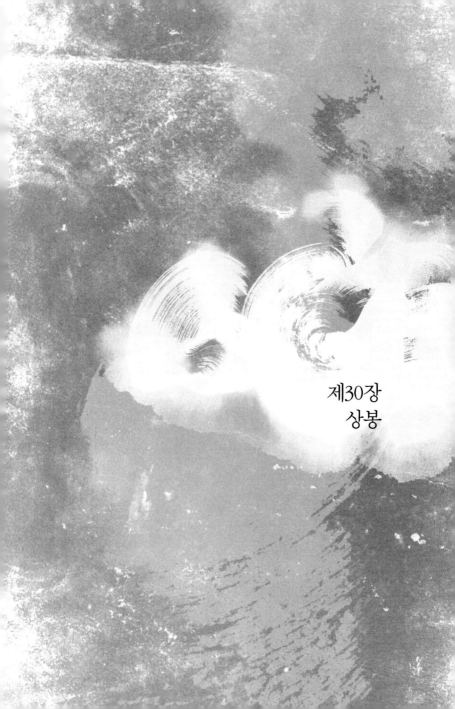

제30장
상봉

　정필과 김길우가 흑천상사 이 층 김길우네 집으로 들어섰을 때, 거실 바닥에 은주와 혜주 모녀, 향숙을 비롯한 이 집에서 묵고 있는 탈북녀가 모두 모여서 정필을 걱정하느라 눈물을 흘리고 있었다.

　그리고 은애는 소파에 혼자 두 팔로 무릎을 끌어안은 채 오도카니 앉아 있었다.

　은애는 정필의 사고 소식을 듣고 이곳으로 달려온 은주를 따라서 왔다.

　이연화가 문을 열어주고 김길우가 들어서자 모든 사람의 시선이 그의 뒤로 집중됐다.

그리고 마침내 정필이 집으로 들어서자 여자들이 일제히 일어나 울음을 터뜨리며 그에게 달려들었다.

"으아앙! 오라바이!"

"으흐흑! 정필 씨!"

은주와 향숙이 동시에 정필에게 흐느끼면서 뛰어들었고, 아직 몸이 성치 않은 혜주 모녀는 비틀거리면서 다가오고, 다른 여자들도 우르르 모여서 한 덩이가 되어 금세 울음바다가 되었다.

모든 여자가 기쁨의 눈물을 흘리고 있는 가운데 정필은 저만치 소파 아래에 서서 이쪽을 바라보면서 울고 있는 은애를 발견했다.

은애는 다른 사람들 때문에 정필에게 다가오지도 못하고 벌거벗은 모습으로 서서 눈물을 흘리면서 정필을 바라보고만 있었다.

정필은 품에 은주와 향숙을 안고 있지만 시선과 마음은 온통 은애에게 가 있었다.

그는 이 순간 자신이 얼마나 은애를 사랑하고 있는지 절실하게 깨달았다.

정필은 목욕을 하면서 욕조로 은애를 데리고 들어갔다.

정필은 굳이 목욕을 하지 않아도 되지만, 김길우네 집에는 사람이 많은 탓에 은애하고 얘기를 나눌 마땅한 장소가 없어서 목욕을 하기로 했다.

정필은 욕조에 뜨거운 물을 받아놓고 그 안에 들어가 앉아 있으며 은애는 목욕물에 다리를 담그고 욕조에 걸터앉아서 그를 바라보고 있다.

"제가 오라바이를 걱정한 거이는 저 때문이 아임다."

"알고 있습니다."

은애는 지금도 울면서 말하고 있다. 정필이 처음 김길우네 집에 들어왔을 때부터 그녀는 눈물을 그치지 않았다.

은애는 정필이 없으면 그저 혼령일 뿐이다. 그가 없으면 그저 혼령으로 떠돌다가 어떻게 돼버릴지는 정필도, 은애도 알지 못한다.

그런데도 그녀는 자신을 걱정하기보다 정필이 어떻게 잘못됐을까 봐 노심초사 속이 새카맣게 탔다.

"오라바이, 어케 된 겁까?"

안타까운 표정으로 묻는 은애를 정필이 덥석 안아서 자신의 허벅지에 앉히고 그녀의 등을 가슴에 안고는 머리를 어깨에 기대게 했다.

"오라바이 얼굴 보고 싶슴다."

"잠시만 이렇게 있어요."

정필은 은애의 허리를 두 팔로 꼭 안고 자신이 향숙과 함께 연길 제1 백화점에 갔던 것부터 권보영에 의해서 연길주재 북한 보위부파견대에 감금됐던 것, 그리고 지독한 고문을 당하기 직전에 김길우와 연길공안국장에 의해서 풀려난 일들을 담담하게 설명해 주었다.

설명을 다 듣고 난 은애는 정필의 어깨에 머리를 기댄 상태에서 그의 얼굴을 보며 물었다.

"오라바이, 참말 큰일 날 뻔했슴다. 그런데도 앞으로 탈북자 돕는 일을 계속할 거임까?"

"그럴 생각입니다."

은애는 복잡한 표정을 지었다.

"정필 오라바이를 생각하면 이자 그 일은 그만두고 대한민국에 가서리 편안하게 살았으면 좋갔슴다. 길티만 탈북자들을 생각하면……."

하루에도 수백 명씩 굶주린 북한 사람이 압록강과 두만강을 넘어서 중국으로 들어오고 있다.

그리고 그들의 절대다수가 젊은 여자들이다. 북한 체제상 직장에 소속되어 있는 남자들은 움직이는 것이 쉽지가 않기 때문이다.

한 가지 안타까운 현실은 연변에 도착한 북한 여자 대부분이 자신들 앞에 어떤 참혹한 현실이 놓여 있는지 전혀 모르고 있다는 것이다.

지금은 탈북이 러시를 이루기 전의 초기라서 아직 그런 소문이 북한 내에 퍼지지 않았다. 그런 소문이라도 파다하게 퍼졌으면 북한 여자들이 탈북을 하지 않거나 탈북을 하더라도 최대한 조심을 할 텐데 말이다.

북한은 작년부터 전면적으로 배급이 끊어져서 이른바 '고난의 행군'이 시작되어 도처에서 굶어 죽는 아사자가 속출하고 있는 상황이다.

두만강과 압록강에 접해 있는 지역인 함경남북도와 양강도, 자강도의 북한 주민들은 오로지 살아남기 위해서 그들의 유일한 탈출구이며 생명줄인 중국 연변으로 그야말로 '엑소더스' 대탈출을 벌이고 있는 것이다.

60~70년대의 북한은 군사적으로나 공업적으로 강국이었으며, 배급이 풍족하여 중국보다 훨씬 잘 살았었고, 그 당시 막 경제 부흥이 일어나기 시작했던 대한민국보다 GDP가 월등하게 높아 삶의 질이 풍요로웠었다.

그러던 것이 80년대 들어와서 북한 경제는 대한민국에게 추월당했으며, 1985년 당시, 소련 공산당 서기장이었던 고르바초프가 추진한 이른바 '페레스트로이카'로 인하여 직격탄을 맞고 벼랑 끝으로 내몰리는 신세가 되었다.

그때까지 공산주의 종주국인 소련을 비롯한 동구권의 공산

국가들부터 거의 무제한의 무상 지원을 받으면서 승승장구하던 북한은 페레스트로이카 이후 소련과 동구권으로부터의 지원이 끊어지자 경제는 물론 모든 면에서 급속도로 후퇴하기 시작하여 오늘에 이른 것이다.

페레스트로이카로 인하여 소련이 붕괴하고 지구상의 공산 정권들이 도미노처럼 픽픽 무너지자 위기감을 느낀 북한은 철저한 쇄국정책으로 대응하기 시작했다.

그러면서 북한 주민들에게는 김일성 주체사상을 마치 종교처럼 마구잡이로 주입, 세뇌시켰으며, 김일성에서 김정일로 이어지는 김씨 일가의 권력 체제를 확고히 만들기 위해서 민생보다는 체제 유지와 군사력 증강, 핵폭탄 개발에 모든 것을 쏟아부었다.

그러다 보니까 민생은 뒷전이고 근년에 이르러서는 대홍수와 대기근이 내리 겹치자 공산주의가 자랑해 오던 배급 제도마저 중단해 버린 것이다.

"내가 탈북자들의 실상을 몰랐으면 모르지만 이미 알게 된 이상 나 혼자 편하자고 모른 체할 수는 없습니다. 탈북자들을 돕는 것은 내 사명입니다."

"오라바이……."

"누구라도 이 일을 한다면 내가 손을 뗄 수도 있을 겁니다. 그렇지만 아무도 나서지 않는 현실에서 내가 물러난다면 홍수처럼 밀려들어와 중국에서 비참하게 살아가는 탈북자들은 어떻게 합니까?"

"아아… 북조선은 어카다가 그 지경이 됐는지……."

정필은 길고 검은 은애의 머리카락을 쓸어 넘겼다,

"은애 씨, 내가 지금까지 구한 탈북자가 모두 몇 명인 줄 압니까?"

"아주 많습다."

"35명쯤 됩니다."

"그렇게나 많이……."

정필은 고개를 끄떡였다.

"내 말 들어보십시오. 이건 자랑이 아닙니다. 나 한 사람의 노력으로 35명의 목숨을 구했습니다. 만약 내가 은애 씨를 만나지 못했더라면, 그래서 탈북자들에 대해서 아무것도 모르고 있었다면, 그 35명은 지금쯤 죽었거나 죽음보다 더한 고통 속에서 살아가고 있을 겁니다."

"그랬을 거임다."

"그리고 앞으로도 내가 더 많은 탈북자를 구할 수 있을 거라고 믿습니다. 100명이 되든, 200명이 되든 나로 인해서 그들이 지옥에서 벗어나 대한민국에서, 아니면 그 어디에서라도 자유롭게 살아갈 수 있다면 나처럼 사는 것보다 더 값진 삶이 어디에 있겠습니까?"

은애는 상체를 비틀어서 정필을 바라보며 그윽한 표정을 지었다.

"정필 오라바이는 제가 사랑하는 사람이기 전에 존경스러운 분임다. 저는 이 세상에서 오라바이를 젤루 존경함다. 고거이 참말임다."

정필은 은애의 뺨을 쓰다듬으며 미소 지었다.

"나는 은애 씨 덕분에 값진 삶을 살게 돼서 오히려 고맙습니다. 나는 이제야 세상을 앞서 산 선구자들이 왜 위대한지 조금쯤 알 것 같습니다."

"선구자가 뭐임까?"

"그런 게 있습니다."

정필은 은애의 뺨을 쓰다듬는데, 그녀도 정필의 뺨을 어루만지면서 슬픈 표정을 지었다.

"길티만 그것 때문에 정필 오라바이가 많이 힘들고 걸핏하면 죽을 고비를 넘기지 않슴까?"

"나는 오히려 다행이라고 생각합니다."

은애는 안쓰러운 표정을 지었다.

"고생하고 위험한데 뭐이가 다행임까?"

"은애 씨를 만났잖습니까?"

"……."

"나는 내일 당장 죽는다고 해도 지금 이 삶을 후회하지 않

습니다. 왜냐하면 은애 씨를 만났고 또 은애 씨를 사랑할 수
있었기 때문입니다."

은애의 두 눈 가득 눈물이 찰랑찰랑 넘쳤다.

"오라바이……."

그녀는 손가락으로 정필의 입술을 더듬었다.

"내래 오라바이 때문에 혼령으로도 오래 살지 앙이할 거 같
습다. 어떨 때는 오라바이 걱정하느라 심장이 오그라들고 또
어떨 때는 감동을 해서리 심장이 잔뜩 부풀고… 고조 이러다
가는 심장이 남아나지 않갔습다… 읍!"

은애가 말하는데 정필의 두툼한 입술이 그녀의 입술을 덮
어버렸다.

정필은 그녀를 힘주어서 꼭 안으며 뜨거운 키스를 퍼부었다.

12월 18일 밤, 정필은 김길우와 함께 일찌감치 무산이 바라
보이는 두만강 중국 쪽 언덕 위에 나와 있었다.

지금 시간은 8시 20분. 이제 1시간 40분쯤이 지나면 회령
의 강옥화 할머니와 작은아버지 가족이 저 아래 꽁꽁 얼어붙
은 두만강을 건너올 것이다.

어두운 카키색의 레인지로버는 라이트를 끈 상태에서 어둠
속에 웅크려 있고, 차 안에는 정필과 김길우가 앉아서 어두운
두만강을 굽어보고 있다.

그리고 정필의 몸속에 있는 은애도 그의 눈을 통해서 같은 곳을 보고 있다.

연길에서 여기까지 오는 동안 중국 공안이나 경찰의 검문 같은 것은 없었다.

예전에 연길에서 무산으로 오는 길에 박종태의 동료인 권승갑이 도망치다가 대형 트럭에 치여서 즉사했을 때 잠시 검문이 있었지만 그건 탈북자를 색출하기 위한 검문이 아니라 교통사고로 인한 임시 검문이었다.

아직까지는 탈북 초창기이기 때문에 중국에서 탈북자 검거에 적극적이지 않은 상황인 것이 다행이다.

아마도 세월이 더 흐르고 북한의 식량 사정이 점점 더 나빠지면서 탈북자들이 홍수를 이루면 중국 정부도 뭔가 적극적인 조치를 취할 것이다. 정필로서는 그 시기가 늦게 오기만 바랄 뿐이다.

정필이 대시보드 위에 놓인 휴대폰을 집어 들었다.

"휴대폰 점검해 봅시다. 나한테 전화해 보세요."

연변에도 휴대폰 바람이 불기 시작해서 정필과 김길우, 서동원도 휴대폰을 한 대씩 장만했다.

웅웅…….

김길우가 전화를 하니까 진동으로 해놓은 정필의 휴대폰이 그의 손안에서 울렸다.

이곳은 국경 지대라서 휴대폰이 안 터질 수도 있는데 다행히 통화가 가능했다.

"됐습니다. 좀 둘러보고 오겠습니다."

척!

정필은 휴대폰을 주머니에 넣고 조수석에서 내렸다.

"추우니까 시동 끄지 마세요."

"알갔슴다."

김길우도 정필만큼 긴장했다. 정필의 친척이 도강하는 것도 그렇지만, 내일이면 그의 아내 이연화와 아들 준태가 대한민국으로 떠나기 때문이다.

김길우로서는 오늘 밤이 아내, 아들과 보내는 마지막 운명의 밤이기도 하다.

사박······.

정필은 수북하게 눈이 쌓인 어둡고 가파른 언덕 아래로 천천히 내려갔다.

그는 늘 가죽점퍼를 입지만 요즘은 몹시 춥기 때문에 검은색의 짧고 두툼한 파카를 입었다.

그가 검은색을 좋아해서가 아니라 검은색이 밤에 활동하기 편하기 때문이다.

오늘 밤은 거의 보름달에 가까워진 달이 밝아서 눈 쌓인 언덕길을 내려가기가 한결 수월했다.

이 정도 밝기라면 가시거리가 30m는 될 것이다. 30m의 거리에서 움직이는 사람이 육안으로 보일 정도다.

이런 날 밤에 만약 국경수비대 초소장인 양석철을 포섭하지 않았으면 두만강을 도강하는 데 최악의 조건일 것이다.

이윽고 정필은 두만강 강가에 도착했다. 이곳은 은애를 처음 만난 곳이며 무산 지역에서 강폭이 가장 좁아서 최고의 도강 코스로 손꼽히는 곳이다.

하지만 지금처럼 두만강 전체가 꽁꽁 얼었을 때에는 아무데로나 도강할 수 있기 때문에 한겨울에는 별다른 의미가 없는 곳이기도 하다.

정필은 누렇게 풀숲이 우거진 강가에 서서 얼어붙은 두만강 건너를 물끄러미 바라보았다.

달이 밝아서 35m 정도의 두만강 건너 강기슭이 어렴풋이 보였지만 물체를 구별할 수 있을 정도는 아니다.

정필은 누렇게 마른 풀이 가슴까지 오는 풀숲에 서 있기 때문에 움직이지만 않으면 강 건너에서 그를 식별할 수는 없을 것이다.

이제 얼마 후면 강 건너 저 멀리 아스라이 보이는 강둑에 할머니와 작은아버지 가족이 나타나서 양석철의 안내를 받아 강 아래로 내려와 도강할 것이고, 그래서 마침내 그들을 만날

수 있을 것이라는 생각을 하니까 정필은 가슴이 심하게 두근
거렸다.

"오라바이, 다 잘될 거임다. 걱정하지 말기요."

정필의 속마음을 아는지 은애가 부드럽게 속삭였다.

"그럴 겁니다."

정필이 부드럽게 대답을 하고 있을 때 저 멀리 맞은편 강둑
오른쪽에서 뭔가 흐릿하게 어른거리는 물체가 있는 것 같은
느낌을 받았다.

물체의 오른쪽을 보니까 국경경비대 초소가 보였다. 양석철
이 초소장으로 있는 바로 그 초소다.

그렇다면 저 물체는 사람, 즉 북한 국경수비대 병사이고 초
소에서 나왔을 것이다.

정필은 어쩌면 저 병사가 양석철일 수도 있다는 생각에 잠
시 지켜보기로 했다.

그 물체가 조금씩 두만강 하류를 따라서 무산읍 쪽으로 이
동하고 있는 것을 보면 사람이 분명하고, 또 이 시간에 강둑
을 저렇게 여유 있게 활보하고 있다면 국경수비대 병사일 것
이다.

"오라바이, 저기 사람 맞습까?"

"그런 것 같습니다."

은애의 원래 시력으로는 두만강 건너편 강둑을 걷고 있는

사람이 보이지 않지만 지금은 정필의 시력을 이용하기 때문에 그 사람이 보였다.

강둑의 사람은 두만강 쪽 언덕을 내려오더니 느릿느릿 강을 향해 걸어오고 있었다.

거리가 70m 정도로 좁혀지자 정필은 주머니에서 적외선 망원경을 꺼냈다.

탈북자들을 돕는 일을 계속하려면 꼭 필요할 것 같아서 휴대폰을 구입하면서 성능 좋은 단발 적외선 망원경도 하나 장만했다.

적외선 망원경을 눈에 대고 거리와 초점을 맞추자 한 사람의 모습이 렌즈 안에 들어왔다.

"아! 석철 오라바임다!"

이쪽으로 걸어오고 있는 국경수비대 병사의 얼굴을 확인하는 순간 은애가 탄성을 터뜨렸다.

정필이 봐도 그 병사는 틀림없는 양석철이다. 167~8cm의 키에 마른 체구, 두 팔이 유난히 길고 얼굴 하관이 빠르며 광대뼈가 불거진, 잘생겼다고는 할 수 없지만 대체적으로 호감이 가는, 한 번 보면 잊히지 않는 용모다.

정필은 풀숲에서 나와 5m 거리의 강으로 천천히 내려가면서 양석철에게서 시선을 떼지 않았다.

할머니 가족이 도강하려면 한 시간 이상 남았는데 양석철이 어째서 강가로 오는 것인지 궁금했다. 어쩌면 주위가 안전한지 사전에 둘러보는 것일 수도 있다.

정필은 두껍게 얼어붙은 두만강 위로 몇 발자국 걸어가면서 전방을 향해 손을 흔들어 보였다. 상대가 양석철이라고 확신하기 때문에 가능한 행동이다.

강 건너에 도착한 양석철이 정필을 발견했는지 몸이 움찔하고는 걸음을 멈추더니 왼손으로 오른쪽 어깨에 메고 있는 소총을 잡았다.

"거기 뉘기요?"

조용한 밤이라서 양석철의 목소리가 또렷하게 들렸다.

"최정필입니다."

"아… 최 형."

정필이 대답하자 양석철은 반갑게 손을 들어 보이더니 망설임 없이 강 위에 올라서서 거의 뛰듯이 빠른 걸음으로 정필에게 다가왔다.

정필도 얼음 위를 몇 걸음 앞으로 걸어가서 이윽고 양석철과 마주쳤다.

"양 형."

"최 형!"

두 사람은 누가 먼저랄 것도 없이 서로의 손을 덥석 움켜잡으며 반가운 표정을 지었다.

두 사람은 이번이 두 번째 만나는 것인데도 마치 십 년 이상 사귄 절친한 친구 같았다.

"최 형! 내래 청강호 선생한테 최 형이 우리 아매하고 선미를 구했다고 들었는데 그거이 참말이오?"

양석철은 정필의 손을 놓지 않은 채 몹시 흥분한 표정으로 그것부터 물었다.

양석철은 키가 정필하고 머리 하나 이상 차이가 나기 때문에 그를 올려다보았다.

"그렇습니다. 두 분은 지금 연길의 안전한 곳에 계십니다."

"고맙소. 내래 최 형한테 어떻게 고마워해야 할지 참말로 모르갔소."

정필은 빙그레 미소 지었다.

"고맙기로 치면 내가 더 고맙습니다. 양 형 덕분에 우리 할머니 가족이 무사히 건너오지 않습니까?"

양석철은 잡은 두 손을 잡고 흔들면서 말도 안 된다는 표정을 지었다.

"아이고! 무슨 소릴 그리 함매? 우리 아매하고 선미 목숨을 구해준 거이 어케 비교를 하오?"

은애가 두 사람의 상봉을 깼다.

"오라바이, 예서 이러면 앙이 될 거 같슴다."

정필은 강 건너와 중국 쪽을 두루 살펴보고 나서 양석철에게 말했다.

"지금 시간 있습니까?"

"어째 그러오?"

정필은 두 손을 양석철에게 붙잡힌 채 중국 쪽 언덕 위를 턱으로 가리켰다.

"저기 내 차가 있는데 거기 가서 얘기합시다."

"그럽시다."

양석철은 북한 국경 수비대 병사이면서도 중국 땅에 있는 정필의 차에 가자는데, 즉 월경을 하자는데도 두말없이 좋다고 하며 따라나섰다. 그만큼 정필을 좋아하고 또 신뢰하고 있다는 뜻이다.

정필이 달빛 아래에 웅크리고 있는 카키색 레인지로버 옆으로 다가서자 따라오던 양석철이 차를 보고는 눈을 휘둥그렇게 뜨며 나직한 탄성을 터뜨렸다.

"야아… 이거이 지프차 아니오? 무슨 차가 이리 좋소? 내래 이렇게 좋은 지프차는 처음 보오."

"영국제 레인지로버입니다."

"호오… 레인지로버……. 이름도 처음 들어보는 거우다."

척!

"탑시다."

정필이 뒷문을 열고 양석철에게 타기를 권하자 운전석에 앉아 있던 김길우가 양석철을 보고 깜짝 놀랐다.

"아……."

정필은 김길우에게 고개를 끄떡여 보이고는 양석철에 이어 뒷자리에 탔다.

"야아… 이거… 이거……."

양석철은 실내를 두리번거리면서 몹시 감탄하여 말을 잇지 못했다.

정필은 갖고 온 보온병에서 홍삼차를 컵에 따라 양석철에게 주고 자신과 김길우도 한 잔씩 따랐다.

"아아… 아주 맛이 좋수다."

양석철이 홍삼차 한 모금을 마시더니 감탄을 터뜨렸다.

"양 형 어머니께서 이 홍삼차를 타셨습니다."

"아아… 그렇소?"

정필이 오늘 밤에 무산에서 양석철을 만날 거라니까 이명순이 아들하고 같이 마시라고 직접 홍삼차를 타주었다.

양석철은 더욱 소중하게 두 손으로 컵을 감싸 쥐고 마시면서 말했다.

"청강호 선생한테 연락받았고 내가 직접 최 형 할머니 가족을 만나보지 앙이 했겠소?"

정필은 귀가 번쩍 뜨였다.

"어떻게 만난 겁니까?"

"아까 낮에 청강호 선생한테서 연락이 와서리 사복으로 갈아입고 무산읍에 가봤더이 어느 집에 최 형 할머니 가족이 모두 와계셨소. 그 집에서 밤이 될 때까지 기다리고 계신다고 합디다."

"할머니와 작은아버지, 숙모께선 건강하십니까?"

양석철은 고개를 크게 끄떡였다.

"많이 긴장했지만 건강한 모습이었소. 다들 최 형 빨리 보고 싶다고 어찌나 성화든지 말이오. 내래 귀가 따가워서 혼났소. 하하……."

정필은 차창 밖을 내다보았다. 저기 어둠에 잠겨 있는 무산읍 어느 집에선가 지금쯤 할머니 가족이 출발 준비를 하고 있을 것이라는 생각을 하자 입술이 타고 가슴이 심하게 두근거렸다.

정필은 지난번에 할머니 가족의 비디오를 보고 자신의 모습을 찍어서 보내면 어떨까 얘기를 꺼냈지만 청강호가 반대했었다.

그랬다가 만에 하나 발각이라도 되는 날에는 할머니 가족의 탈북은 고사하고 모두 처형되거나 정치범 수용소에 끌려갈 거라고 했다.

정필은 그런 모험을 하면서까지 자신의 모습을 할머니 가족에게 보내고 싶지는 않았다.

"양 형 보여줄 게 있습니다."

정필은 조수석 시트 뒤 주머니에서 디지털카메라를 꺼내서 켜고 동영상 화면을 띄웠다.

"들고 보십시오."

정필이 디지털카메라를 건네자 엉겁결에 받아든 양석철은 그게 뭔지 몰라서 어리둥절하다가 까맸던 화면에 갑자기 엄마 이명순이 나타나자 화들짝 놀랐다.

"허엇!"

작은 화면 속의 이명순은 정필이 촬영을 하기 전부터 눈물을 흘리고 있었다.

"석철아……."

"아… 아매!"

놀라고 격동한 양석철은 디지털카메라를 붙잡고 화면 속으로 뛰어들 것처럼 고함을 질렀다.

"석철아… 내 아매다이. 보고 있니야?"

"어흐……. 보고 있소… 아매……."

양석철이 얼굴을 일그러뜨리고 뜨거운 눈물을 뚝뚝 흘리면서 어린아이처럼 울었다.

이명순이 울면서 몇 마디 말을 하고 나서 그녀 옆으로 다가온 선미 역시 벌써부터 울고 있었다.

"오라바이… 내래 선미야요……."

"그래, 선미야… 오라바이 여기 있다이… 어흑흑……!"

그렇게 5분 정도 양석철은 화면을 통해서 어머니와 선미를 만나고 나서도 눈물을 쉬이 그치지 못했다.

"최 형, 아매하고 선미를 꼭 남조선으로 보내주기요. 내래 부탁하오."

양석철이 디지털카메라를 돌려주고 나서 정필의 손을 잡고 간절한 얼굴로 부탁했다.

"양 형 어머니는 양 형을 두고는 가지 못한다고 말씀하셨습니다. 그래서 북조선으로 다시 돌아가겠다더군요."

"나 때문이라면 걱정 앙이해도 된다고 말 전해주기요. 나도 지긋지긋한 군대 생활 집어치우고 탈북하고 싶은 마음이 정말 간절하오."

"그렇습니까?"

"길티만 마음에 걸리는 거이 있어서리 못 하고 있소."

"그게 뭡니까?"

양석철은 정색을 했다.

"내래 여기서 초소장이라도 하고 있어야 어카든 최 형을 도울 수 있디 않갔소?"

"아……."

정필과 은애는 양석철이 설마 그런 생각을 하고 있을 줄은 몰랐기에 크게 놀라고 감격해서 탄성을 터뜨렸다.

"양 형⋯⋯."

정필이 양석철과 마주 잡은 손에 힘을 주자 그는 잡은 손에 더욱 힘을 주면서 뜨겁게 말했다.

"내래 최 형한테 은혜를 많이 입었소. 그거이 다 갚으려면 무산에서 도강하는 북조선 사람 천 명은 건네줘야만 할 거 같소."

"아닙니다. 그러지 않아도 됩니다."

정필로서는 무산 국경수비대 초소장을 하는 양석철이 말할 수 없을 만큼 큰 도움이 되는 것이 사실이다.

그때가 언제일지는 모르지만 정필이 탈북자들을 돕는 일을 그만둘 때까지 양석철이 초소장을 계속했으면 좋겠다는 것이 정필의 솔직한 심정이다.

그렇지만 그건 정필의 욕심이고 그렇게 하는 것은 양석철에게 무한정인 희생을 강요하는 무책임한 짓이다.

만약 그러다가 발각되면 양석철은 그길로 즉결 처형이다. 뿐만 아니라 북한에서는 그런 중죄를 저지르는 사람의 사촌(四寸)까지 죄를 묻는다.

본인은 처형시키고 그의 사촌 친척까지 모조리 정치범 수용소나 교화소(교도소)에 보내 버리는 것이다. 한 번 그런 곳에 갇히면 죽을 때까지 나오지 못한다고 봐야 한다.

양석철이 굶주린 북한 주민 수십 명, 아니, 수백 명을 탈북시키다가 처형당했으니까 그저 숭고한 희생이라 미화시키고 그의 죽음을 기리면 그만일지도 모르지만 그의 삶은 도대체 뭐란 말인가.

"최 형은 이 일을 어째서 하는 거이오?"

"나는……."

양석철의 갑작스런 물음에 정필은 즉답을 하지 못하다가 잠시 지나서야 오른손을 왼쪽 가슴에 대며 차분하게 말했다.

"은애 씨가 여기에 있기 때문입니다."

양석철은 무슨 뜻인지 모르겠다는 듯 눈을 껌뻑거리면서 잠시 정필을 쳐다보다가 또 뜬금없이 불쑥 물었다.

"최 형, 몇 살이오?"

"25살입니다."

"나도 25살인데 우리 친구하기요."

정필은 벙긋 웃었다.

"우린 벌써 친구 아닙니까?"

"친구는 앙이오."

"어째서 그렇습니까?"

"이보오, 최 형. 친구라면서리 어째 그렇습니까. 이렇습니다. 이러는 거이오? 친구라면 서로 인마! 전마! 야! 이러는 거이 앙임매?"

정필은 빙그레 미소를 지었다.

"알았다. 지금부터 말 놓겠다."

양석철은 껄껄 웃었다.

"하하하! 내가 먼저 말 놓겠다, 정필아!"

"하하하! 좋을 대로 해라, 석철아!"

두 사람의 호탕한 웃음소리가 굳게 닫힌 차 문 밖으로 새
어 나왔다.

밤 10시에 도강하기로 돼 있는 할머니 가족이 10시 30분이
넘도록 강둑 위로 모습을 보이지 않자 정필은 긴장과 걱정 때
문에 온몸의 피가 다 마르는 것처럼 초조해졌다.

두만강 중국 쪽 강가 풀숲에 서 있는 정필은 눈이 빠지도
록 강 건너를 주시하고 있지만 강둑에서 혼자 왔다 갔다 반복
하고 있는 양석철만 보일 뿐 아무리 기다려도 할머니 가족은
나타나지 않았다.

10시 45분이 되었을 때 정필은 도저히 더 기다릴 수가 없어
서 두만강을 건너갔다.

그가 건너오는 모습을 봤는지 북한 쪽 강둑에서 오락가락
하고 있던 양석철이 달려 내려왔다.

"석철아, 무슨 연락 없었어?"

"그런 거 없어. 야, 어케 된 거이야?"

"무슨 일 있는 거 아닐까?"

"무슨 일이 있더라도 청강호 선생이 직접 오지 앙이 하면 연락을 어카겠니?"

두 사람은 두만강에서 북한 쪽 강둑 아래 20m 지점에서 만나 빠르게 말을 주고받았다.

그런데 그때 정필은 강둑 너머에서 하나의 검은 물체가 나타나는 것을 발견했다.

급히 적외선 망원경으로 보던 정필이 낮게 외쳤다.

"작은아버지다."

"뭐이야?"

돌아서보던 석철이 강둑을 향해 냅다 달렸고 정필도 주춤거리면서 걸어갔다.

여긴 북한 땅이고 또 달밤이니까 멀리에서도 보일 수가 있으므로 자칫 하다가는 낭패를 당하기 십상이다.

그렇지만 여기까지 온 이상 뒤돌아갈 수도 없고 또 할머니 가족에게 무슨 일이 생겼는지 너무도 걱정이 돼서 자세를 한껏 낮추고 강둑으로 향했다. 강둑이 가까워질수록 언덕에 가려서 강둑 위쪽은 보이지 않았다.

사박사박……

그런데 정필이 강둑 아래에 도착했을 때 위쪽에서 수북하게 쌓인 눈을 밟으면서 여러 사람이 서두르며 미끄러지지 않으려고 조심하면서 내려왔다.

정필은 앞장선 사람이 작은아버지 최태호와 할머니, 그리고 사촌 남동생 정토라는 것을 한눈에 알아보았다. 청강호가 촬영한 비디오에서 봤기 때문이다.

최태호와 정토가 양쪽에서 할머니 강옥화를 부축하면서 조심하며 가파른 언덕을 내려오고 있다.

그들은 내려오는 것에 잔뜩 신경을 집중한 나머지 강둑 아래에 서서 자신들을 바라보고 있는 정필을 미처 발견하지 못했다.

정필이 보니까 세 사람 뒤에 숙모도 따라 내려오고 있어서 그제야 안심이 됐다. 늦었든 어쨌든 간에 왔으면 그걸로 된 것이다.

"어헛?"

"앗!"

최태호와 정토는 언덕을 거의 내려와서야 정필을 발견하고 멈칫하며 크게 놀랐다.

정필이 두 팔을 활짝 벌리며 환하게 미소 지었다.

"정필입니다."

"아아……."

세 사람 얼굴 가득 뭐라고 형언하기 어려운 환희의 표정이 가득 떠올랐다.

정필은 몇 걸음 달려 올라가서 무작정 할머니 강옥화를 덥석 안았다.

"할머니……."

"어이구… 내 새끼야……."

할머니는 힘없이 정필의 품에 무너지면서 왈칵 울음을 터뜨렸다.

정필은 할머니를 번쩍 안고 강둑 아래로 내려왔다.

"정필아… 어디 얼굴 좀 보자이……."

할머니가 품에서 벗어나서 정필의 얼굴로 두 손을 뻗는데 그녀의 얼굴은 온통 눈물범벅이었다.

정필은 무릎과 허리를 굽혀서 할머니가 자신의 얼굴을 잘 만질 수 있도록 해주었다.

"어흐… 내가 살아서 너를 다 보다이……."

할머니는 정필의 얼굴을 어루만지다가 갑자기 뭐가 생각났는지 깜짝 놀라는 표정을 지었다.

"아이고, 정필아이… 우리 연희가 붙잡혔다는 말이다……. 이 일은 어카면 되니야……."

심장이 덜컥 내려앉은 정필은 허리를 펴고 재빨리 주위와 강둑 위를 둘러보았다.

주위에는 작은아버지 최태호와 숙모 선승연, 사촌 남동생 최정토가 눈물을 흘리면서 서 있는데 어디에도 사촌 여동생 최연희 모습이 보이지 않았다.

아니, 청강호의 모습도 보이지 않는 걸로 미루어 무슨 일이 있는 게 분명했다.

"정필아, 사람이 부족하지 않니?"

강둑 위에서 석철이 구르듯이 뛰어 내려와서 다짜고짜 최태호에게 물었다.

"어케 된 거임까?"

최태호는 강둑 위를 가리키면서 빠르게 설명했다.

"연희가 무산읍을 순찰하는 규찰대 아이들에게 붙잡혔다는 말이다이. 청 선생은 연희를 구하자고 거기 남고 우리더러 어서 가라고 해서 먼저 왔다이."

"이노므 아새끼들이래?"

석철이 화가 치밀어 어깨를 들먹거렸다.

"거기가 어딤까?"

"무산역 앞이오."

"역 뒤로 오지 앙이 하고 어째 역 앞으로 온 거임까?"

"그기 앙이오. 역 뒤 철길 건너 밭으로 오는데 규찰대 아이들이 거길 돌다가 걸린 거이오."

정필은 자신이 직접 가봐야겠다고 판단했다.

"석철아, 너 오토바이 어디에 있니?"

청강호가 선물로 준 오토바이를 말하는 것이다. 석철이 초소 쪽을 가리켰다.

"초소 앞에 있다."

"내가 할머니랑 가족들 강 건너에 모셔드리고 올 테니까 석철이 너는 오토바이 끌고 와라."

"알았어."

석철이 언덕 위로 나는 듯이 달려 올라가는 걸 보고 정필은 할머니에게 등을 내밀었다.

"할머니, 업히세요."

정필은 할머니를 업고 강을 향해 내달리며 뒤돌아보았다.

"따라 오십시오."

그는 맨몸인 것처럼 빠른 속도로 달리면서 왼손으로 휴대폰을 꺼내 김길우에게 통화했다.

뚜르르르……

"길우 씨, 빨리 강으로 내려오십시오."

"알갔슴다."

정필이 얼어붙은 강 위를 달리는데 그의 목을 꼭 안은 할머니가 울면서 말했다.

"정필아, 연희를 꼭 데려와야 한다이… 알갔니야? 연희 없이는 나는 아무데도 앙이 갈 거다."

"염려 마세요, 할머니. 제가 연희를 꼭 데려오겠습니다."

정필이 강을 거의 다 건넜을 때 전방에서 김길우가 뛰어오고 있었다.

정필은 조심스럽게 할머니를 내려주었다.

"할머니, 저 사람은 제 동료니까 따라가세요."

"오냐, 알았다. 정필아, 너래 조심해야 한다이."

정필이 북한 쪽으로 몸을 돌렸을 때 그제야 선승연의 손을 양쪽에서 잡은 정토와 최태호가 달려왔다.

"정필아."

최태호가 스쳐 지나가려는 정필을 불렀다.

"갔다가 조금이라도 위험하다는 판단이 들면 말이다, 즉시 돌아와야 한다. 내 말 꼭 들어야 한다이. 정필이, 니가 잘못되면 형님과 형수님 볼 면목이 없다."

"알겠습니다."

정필은 달려가면서 생각했다. 만약 자신이 연희를 데려오지 못한다면 작은아버지와 숙모는 탈북하지 않을 것이라고 말이다.

여생이 얼마 남지 않은 할머니는 할아버지를 만나보기 위해서라도, 그리고 앞길이 창창한 정토는 어떻게 해서든지 대한민국으로 보내려고 하겠지만, 작은아버지와 숙모는 딸을 남겨두면서까지 탈북하지는 않을 것이다.

최선의 방법은 무슨 일이 있어도 연희를 데려와야 한다는 사실이다.

정필보다 은애가 더 마음이 급했다.

"오라바이! 더 빨리 뛰기요! 날래 갑소!"

부웅웅—

정필은 무산읍내를 질주하고 있는 석철의 오토바이 뒤에 타고 있다.

한 달 전쯤에 은애의 부탁으로 조석근과 은철을 구하려고 무산읍에 들어왔던 적이 있었지만 지금처럼 대로를 질주하는 것은 처음이다.

"석철아, 규찰대가 뭐냐?"

"그것들 아무것도 앙이다. 청년동맹에서 할 일 없는 아새끼들 골라 만든 거이야. 길거리에서 에미나이들 옷 입은 거나 두발 같은 거이 단속하는 날 파리 같은 종자들이야. 내래 그 새끼들 싹 다 쏴죽일 거다이!"

정필과 석철을 태운 중국제 200cc 오토바이는 두만강 강둑을 출발하여 채 2분이 지나기도 전에 두 사람을 무산역전에 데려다주었다.

부르르릉……

어두컴컴하고 텅 빈 역전에 오토바이를 멈춘 석철은 재빨리 날카롭게 주변을 살펴보다가 한곳에 시선이 멈추었다.

거긴 역전에서 오른쪽으로 40m 거리에 있는 허름한 창고 건물이었다.

무산이 고향이고 이곳에서 군대 생활을 하고 있는 석철은 무산읍내라면 손금을 보듯이 훤하게 알고 있다.

그는 저 창고가 예전에는 식량 저장고로 사용되었지만 지금은 텅 비어 있어서 규찰대 놈들이 모여서 못된 작당을 하는 소굴로 사용되고 있다는 말을 들은 적이 있었다.

처척!

창고 앞에서 오토바이를 세운 정필과 석철은 재빨리 내려서 문으로 다가가는데, 석철은 어깨에 메고 있던 소총을 두 손에 쥐고 안전장치를 풀었다.

정필이 창고 문손잡이를 잡자 석철이 소총을 갈겨 버릴 자세를 취하고는 고개를 끄떡였다.

철커덕! 철컥!

그런데 정필이 힘껏 문을 잡아당기고 또 밀었지만 안에서 잠갔는지 열리지 않았다.

"물러서라우."

화가 머리 꼭대기까지 치민 석철이 두 개의 문 사이 틈새에 소총을 겨누었다.

"그만둬라. 내가 하겠다."

석철이 소총을 발사할 경우 총소리가 크게 나서 침묵에 잠

긴 무산읍 전체를 깨울 것이다.

정필은 파카 안주머니에서 소음 부스터가 부착된 cz—75를 꺼내 문 틈새에 겨누었다.

그때 문 안쪽에서 남자의 목소리가 들렸다.

"뉘기야? 배깥에 누구 완(왔어)?"

투쿵! 투쿵! 투충!

쩌겅!

"으왓!"

묵직한 총소리와 쇠가 부러지는 소리, 그리고 비명 소리가 한꺼번에 터져 나왔다.

그그궁!

정필이 창고 문을 열자마자 석철이 소총을 앞세우고 안으로 뛰어들고 정필이 뒤따랐다.

반쯤 열린 창고 문 안쪽 옆에는 조금 전에 말했던 20대 사내 한 명이 엉덩방아를 찧고 놀란 얼굴로 주저앉아 있으며, 창고 복판에 모닥불이 피워져 있었다.

"이 쌍간나새끼들! 모조리 쐬죽이갔어!"

석철이 좌우로 소총을 휘두르면서 악을 쓸 때 정필은 재빨리 실내를 둘러보았다.

모닥불 옆에는 술이 담긴 주전자와 조잡한 그릇 몇 개, 김치 그릇, 정필로서는 뭔지 모를 희부연 음식이 담긴 그릇이 널

브러져 있었다. 그리고 그 주위에 역시 20대의 허름한 옷차림을 한 사내 3명이 있는데, 그들을 발견하는 순간 정필의 눈이 확 뒤집혔다.

사내 3명은 벌거벗은 몸으로 바닥에 눕혀져 있는 여자 주위에 모여 앉아서 무슨 짓을 하려다가 귀신을 본 듯 놀란 표정을 짓고 있었다.

정필은 벌거벗은 여자가 연희일 것이라고 판단했다. 그녀는 코와 입에서 피를 흘리면서 누워 있는데 기절한 것 같지는 않지만 맞아서 정신이 없는 것 같았다.

"옴마야… 오라바이……. 이 여자가 연희 씨인 갑소."

은애가 바들바들 떨리는 목소리로 겨우 말했다.

철커덕!

"이 쌍간나새끼들……!"

석철이 소총을 갈기려고 청년들에게 달려드는 것을 정필이 막아섰다.

"물러서라."

이어서 그는 권총을 품속에 넣고 모닥불 옆에 놓인 묵직한 각목 하나를 집어 들고는 닥치는 대로 청년들을 두들겨 패기 시작했다.

퍼퍼퍽! 퍽퍽퍽퍽!

"으악! 자, 잘못했습다……!"

"흐윽! 왝! 사… 살려주기요……!"

정필이 워낙 사나운 기세로 두들겨 패자 청년들은 저항할 엄두를 내지 못하고 고스란히 맞으면서 비명을 지르며 용서를 빌었다.

그 사이에 석철은 창고 문 안쪽에 주저앉아 있던 청년을 소총으로 개잡듯이 때렸다.

정필은 욕설을 뱉지도 않고 아무 말도 없이 묵묵히 각목을 휘둘러 청년 3명을 반죽음으로 만들어놓았다. 여자를 사람이 아니라 강간할 대상으로 생각하는 수컷들은 죽여도 된다는 것이 정필의 의지였다.

"헉헉헉헉……."

5분쯤 지난 후에 정필은 때리는 것을 멈추고 각목을 모닥불에 던지며 거친 숨을 몰아쉬었다.

규찰대 청년 4명은 모두 피투성이가 되어 기절한 채 바닥에 늘어졌다.

정필이 쳐다보니까 연희가 상체를 일으켜 앉아서 공포에 질린 표정으로 정필을 바라보고 있었다.

그녀는 자신이 구해졌다고 생각하기보다는 조금 전까지 자신을 강간하려던 규찰대 놈들보다 더 지독한 악마에게 걸려들었다고 여기는 것 같았다.

"아아……."

시뻘건 모닥불 불빛에 번들거리는 정필의 얼굴을 발견한 연희는 몸서리를 치면서 두 손으로 바닥을 짚으며 뒤로 물러나려는 자세를 취했다.

"흐으으… 저… 정필 씨 왔구만요……."

그때 연희의 뒤쪽 어두컴컴한 구석에서 쥐어짜는 듯한 신음 소리가 들렸다.

정필은 그 목소리가 청강호라는 것을 듣는 즉시 알아차리고 급히 다가갔다.

"청 선생님."

"으으… 정필 씨… 내래 최선을 다했지만 종내는 이런 꼴이 되고 말았소. 면목이 없수다래."

청강호는 완전히 피투성이가 되어 바닥을 핏물로 적신 채 쓰러져서 정필을 바라보았다.

"청 선생님……."

정필은 자신의 가족을 구하려고 뛰어들었다가 이런 처참한 몰골이 된 청강호를 보자 목이 콱 막혀서 다음 말을 잇지 못했다.

그는 자신이 김길우나 김낙현, 양석철, 그리고 청강호 같은 좋은 사람들을 만난 것이 얼마나 행운인지 새삼스럽게 깨달았다. 북중 접경지대에는 늑대들과 악마들만 우글거리는 것이 아니었다.

그는 청강호를 안고 모닥불 가에 앉혀주었다.

"정필 씨, 할망은 만났……?"

"그렇습니다. 할머니와 작은아버지 가족을 두만강 건너에 모셔 드리고 달려오느라 늦었습니다."

"아아… 천만다행이오……. 내는 그분들만 보내놓고서리 얼마나 걱정했는지 모르오……."

그제야 비로소 정필이 누군지 깨달은 연희가 눈물을 펑펑 쏟으면서 흐느꼈다.

"으흐흑……! 정필 오라바임까?"

정필은 얼른 연희에게 다가가 그 옆에 무릎을 꿇었다.

"그래, 연희야. 나 최정필이야."

"으흐응… 오라바이… 흐으으… 흑흑!"

연희는 어린아이처럼 울면서 두 팔을 내밀었다.

정필은 그녀를 품에 안고 부드럽게 등을 쓰다듬었다.

"이제 괜찮다. 연희야, 괜찮아."

"오라바이… 무서워서리 죽는 줄 알았슴다……."

연희는 두 손으로 정필의 너른 등을 꼭 끌어안고 가슴에 얼굴을 묻은 채 눈물을 그칠 줄 몰랐다.

"으흑흑… 오라바이가 저를 구하러 올 줄은 꿈에도 몰랐슴다……. 고맙슴다… 참말 고맙슴다……."

정필은 연희를 품에서 떼어내어 손수건을 꺼내 입과 코의

피를 닦아주었다.

"으흐흑……."

그러는 동안에도 연희는 아직 무서움이 가시지 않은 듯 몸을 심하게 떨면서 울었다.

정필은 주위 바닥에 흩어져 있는 그녀의 옷을 찾았다.

"연희야, 옷 입자."

도저히 옷을 입을 상태가 아닌 것 같아서 정필은 그녀에게 옷을 입혀주었다.

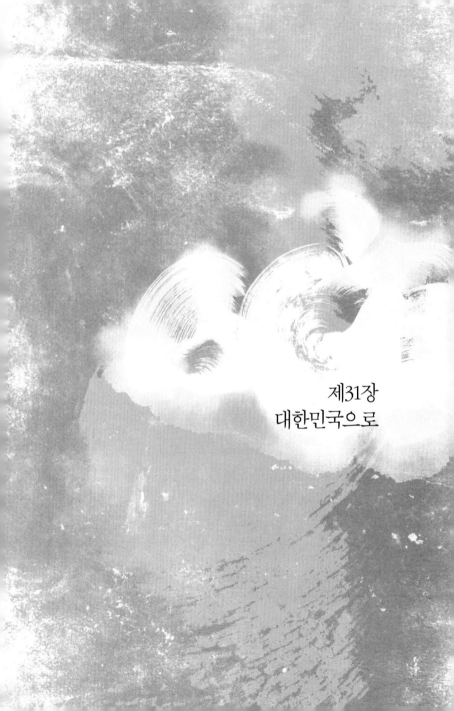

제31장
대한민국으로

부우웅―

네 사람을 태운 오토바이가 두만강 강둑을 달리고 있다.

석철이 운전하고 그 뒤에 청강호와 연희가 포개서 탔으며, 맨 뒤에 정필이 앉아서 긴 팔을 뻗어 석철의 옆구리를 잡아 청강호와 연희가 떨어지지 않게 했다.

이윽고 오토바이가 도강을 할 지점의 강둑에 멈췄다.

"나는 못 가오. 날래 연희를 데리고 건너가기요."

청강호는 아직 북한에 체류 중인 것으로 되어 있기 때문에 정필과 함께 두만강을 도강할 수 없다. 그는 정식으로 출국

심사를 거쳐서 중국에 가야 한다.

석철이 손짓을 했다.

"정필아, 어서 가라."

정필은 초소를 쳐다보았다.

"석철이, 너 아직 시간이 있니?"

석철도 초소를 쳐다보며 고개를 끄떡였다.

"초소의 아새끼들이래 잔뜩 술 퍼마시고 뻗었으니끼니 걱정
하지 마라우."

정필은 고개를 끄떡이고는 주머니에서 휴대폰을 꺼내 김길
우에게 전화를 걸었다.

"터터우, 어케 됐습까?"

두만강 건너 중국 땅에 있는 김길우 목소리가 바로 앞에 있
는 것처럼 가깝게 들렸다. 국경 지역이라서 중국의 휴대폰 서
비스가 여기까지 가능한 것 같았다.

"지금 건너갈 겁니다."

정필은 통화를 끝내고 휴대폰을 석철에게 내밀었다.

"이건 석철이, 네가 가져라."

"이기 뭬이야? 무전기야?"

"무선전화기다. 휴대폰이라고 하지."

정필은 연희에게 등을 내밀었다.

"연희야, 업혀라."

"오라바이, 저는 일 없슴다."

"널 데리고 가는 것보다 업고 가는 게 더 빠르다."

연희는 자기보다 머리 하나 반이나 더 크고 체격은 두 배 이상이나 될 것 같은 우람한 정필을 보고 어쩌면 그의 말이 맞을지도 모른다고 생각했다.

연희를 업은 정필이 석철에게 말했다.

"같이 가자."

"나도?"

"차에 있는 배터리를 줄 테니까 앞으로는 그걸로 휴대폰을 충전해서 쓰도록 해라. 그리고 가면서 휴대폰에 대해서 설명해 주마."

피범벅 모습인 청강호가 강둑 옆에 주저앉으면서 조금 일그러진 얼굴로 손을 저었다.

"나는 여기서 좀 쉬고 있갔소. 정필 씨는 나중에 연길에서 봅시다."

정필은 진심 어린 얼굴로 청강호를 바라보았다.

"조심해서 돌아오십시오."

청강호에게 고마움과 할 말이 산처럼 많지만 정필은 그렇게만 말했다.

김길우가 레인지로버 밖에 나와서 기다리고 있다가 언덕 아래에서 연희를 업고 올라오는 정필을 반갑게 맞았다.

"터터우."

정필은 레인지로버에서 5m쯤 떨어진 곳에 중국산 승용차 한 대가 서 있는 것을 보고 표정이 굳었다.

"뭡니까?"

"브로컵니다."

김길우가 승용차를 보면서 태연하게 대답하자 정필의 얼굴이 확 변했다.

"조금 전에 북한 에미나이 3명을 도강시켜서리 지금 저 차 안에 델구 있습다."

김길우는 정필이 승용차로 가려는 것을 팔을 뻗어 제지하며 말을 이었다.

"제가 저치들한테 만 위안 낼 테니까니 에미나이 모두 넘기라고 말했더니 글케 하겠다고 했습다. 터터우 허락을 받으려고 기다리고 있었습다."

정필의 표정이 조금 풀렸다.

"잘 했습니다."

"터터우께선 웬만한 일로 얼굴이 팔리지 않는 거이 좋갔다고 생각했습다."

"그렇군요."

"허락하시는 검까?"

"물론입니다."

정필은 레인지로버 조수석 문을 열고 대시보드 안에서 충전기와 전선을 꺼내, 왔던 길로 다시 내려가 근처에 숨어 있는 석철을 불러냈다.

이어서 휴대폰을 어떻게 충전시키는지, 그리고 휴대폰 번호와 김길우 번호, 몇 가지 기능을 가르쳐 주었다.

"평소에는 꺼두었다가 하루에 한 번씩만 통화하자. 언제가 가장 적당하냐?"

"밤 11시로 하자우."

"알았다. 그렇지만 나는 내일 탈북자들을 이끌고 대한민국으로 가니까 며칠 동안은 통화를 못 할 거야."

"알갔다."

정필이 몸을 돌리려고 하자 석철이 그의 팔을 잡았다.

"정필아."

"할 말 있니?"

"아까 그거이 꼭 우리 아매한테 보여주라이."

"그래."

아까 정필이 석철에게 이명순과 선미를 촬영한 디지털카메라를 보여주니까 석철은 한동안 울고 나서 자기도 엄마와 선미에게 꼭 전할 말이 있다면서 차 안에서 1분짜리 짧은 동영상을 찍었다.

석철을 보내고 레인지로버로 돌아가는데 그때까지도 업혀 있던 연희가 그의 귀에 속삭였다.

"오라바이, 이자 내려주기요."

정필은 연희를 내려주고 레인지로버 뒷문을 열었다.

척!

열린 문 밖에 연희가 서 있는 것을 발견한 할머니와 최태호 등은 기절할 것처럼 기쁜 표정을 지었으나 소리는 지르지 않고 다투어 손을 내밀어 연희를 끌어당겨 차에 태웠다.

정필이 브로커에게 돈을 주기 위해서 지갑을 꺼내자 김길우가 손을 저었다.

"저도 돈이 있습다. 그런데 저 에미나이들은 어카는 거이 좋갔습까?"

"우리 차에 태우세요."

정필은 레인지로버 트렁크 쪽 문을 열고 바닥에 눕혀 있는 의자를 세웠다.

레인지로버는 원래 7인승인데 평소에는 뒤쪽 3열의 의자를 눕혀서 트렁크로 쓰다가 필요할 때만 세워서 의자로 사용하고 있었다.

"누가 저하고 앞에 같이 앉으면 좋겠습니다. 여자 3명을 더 태워야 합니다."

정필이 뒷문을 열고 말하자 할머니와 최태호 등 뒷자리에

옹기종기 좁게 모여 앉은 가족 5명은 서로 얼굴을 마주 보다가 연희가 나섰다.

"오라바이, 제가 앉겠습다."

연희는 정필과의 첫 만남에 본의 아니게 벌거벗은 몸을 보였고, 또 오는 동안 줄곧 그에게 안기거나 업혔었기 때문에 그에 대한 거부감이 크게 없다.

정필은 연희를 조수석에 태우고 오른쪽 뒷좌석을 앞으로 젖혀서 3열로 들어갈 수 있는 통로를 만들고는 할머니 가족에게 당부했다.

"이 차에 북한 여자들이 타면 연길에 도착할 때까지 우리 가족에 대한 대화는 하지 않는 것이 좋겠습니다."

"오냐, 알았다."

최태호가 궁금한 듯 물었다.

"정필아, 그 여자들을 어째 태우는 거니?"

"먹을 것을 구하러 중국에 오는 여자들 거의 대부분이 인신매매를 당해서 술집이나 시골구석의 노인들, 장애를 가진 남자들에게 헐값에 팔려가서 죽도록 고생만 합니다. 그걸 방지하기 위해서 제가 북한 여자들을 연길에 마련해 놓은 장소에 데려다가 생활을 시키면서 원하는 사람은 대한민국으로 보내고, 북한에 돌아가길 원하는 사람에겐 돈과 먹을 것을 줍니다."

"정필이, 너래……."

할머니와 최태호 등은 이미 청강호에게 정필이 연길에서 하고 있는 일에 대해서 대충 얘기를 들었지만, 그의 입을 통해서 직접 들으니까 정필이 너무도 대견하고 훌륭해서 저절로 눈물이 흘렀다.

그런 훌륭한 일을 하는 사람이 다른 사람도 아닌 자신들의 손자이며 조카, 사촌이라는 사실이 너무도 자랑스러웠다.

잠시 후 김길우가 브로커의 승용차에서 내린 3명의 탈북녀를 앞세워서 데리고 왔다.

그쪽 브로커들이 만 위안을 받고 순순히 탈북녀들을 넘긴 것으로 봐서는 그녀들을 팔아넘길 목적은 아니었던 것 같다. 브로커라고 다 인신매매범은 아니라는 뜻이다.

그녀들은 정필이 여태껏 봐온 여느 탈북녀들이나 다를 바 없는 모습이다.

대충 17살에서 22살까지의 나이며 피골상접한 몰골에 얼굴에는 겁먹은 표정이 역력했다.

"타십시오."

정필은 머뭇거리는 여자들을 태우고 조수석에 앉아 연희를 무릎에 앉히고 그녀까지 함께 안전벨트를 맸다.

"길우 씨, 출발합시다."

"알갔슴다."

레인지로버가 도로에 올라서 달리기 시작할 때 정필이 김길우에게 넌지시 물었다.

"그 사람들 연락처 받았습니까?"

"가르쳐 주갔슴까? 기래서리 제 쇼우치(휴대폰) 번호 갈켜줬슴다."

"잘 했습니다."

정필이 석철에게 준 휴대폰과 김길우의 휴대폰은 김길우가 그다지 친하지 않은 사람의 명의를 빌려서 개통했다. 그러니까 만약 무슨 일이 생기더라도 정필이나 김길우에게 직접적인 피해는 미치지 않을 것이다.

운전을 하고 있는 김길우가 3열에 나란히 앉은 탈북녀들에게 이것저것 물어보았다. 김길우도 이제는 탈북자 구하는 일에 이력이 붙었다.

탈북녀들 집은 모두 무산이고, 먹을 것을 구하러 도강을 했다고 한다.

그런데 그녀들 중에 한 명이 충격적인 말을 해서 모두를 깜짝 놀라게 만들었다.

"돈을 벌 수만 있다믄 무슨 일이라도 하갔슴다."

"무슨 일이라도?"

"네. 무슨 일이라도 할 거임다. 시켜만 주시라요. 저는 당장 돈이 필요함다. 중국 돈 말임다."

그녀가 어째서 중국 돈이 필요한지는 설명을 듣지 않아도
알 수 있다.

정필과 김길우는 마음이 무겁게 가라앉았다. 저런 마음가
짐을 갖고 있는 여자는 십중팔구 중국 대도시의 술집이나 사
창가로 팔려갈 것이다.

베드로의 집에 데려다주면 그곳에서 생활을 하는 동안 장
중환 목사로 인해서 기독교 신자가 되거나 대한민국에 대해서
알게 되어 마음을 바꾸면 다행이지만, 그러지 않을 경우는 강
제로 그녀를 붙잡아둘 수가 없다.

은애 역시 착잡한 심정이어서 아무 말도 하지 않았다.

"오라바이, 저 무겁지 않슴까?"

그때 정필 무릎에 앉아서 등을 그에게 기대고 앉은 연희가
부끄러운 듯 살짝 돌아보면서 물었다.

정필은 두 팔로 연희의 배를 두르고 있는데 그녀의 뱃살이
조금도 느껴지지 않을뿐더러 한 팔로도 다 휘감겨서 손끝이
다시 정필의 몸에 닿을 정도로 허리가 가늘었다.

"조금도 안 무겁다. 너 40㎏은 나가니?"

"37㎏임다. 그래도 무겁지 않슴까?"

그러고 보니까 정필의 허벅지에 얹혀 있는 연희의 궁둥이에
살이 거의 없는 탓에 뾰족한 뼈가 느껴지고 있어서 정필은 마
음이 짠했다.

정필은 브로커에게서 넘겨받은 3명의 탈북녀를 베드로의 집 근처에 내려주었다.

기다리고 있던 염진숙이라는 이름의 40대 여자가 미소를 지으며 정필에게 인사를 하고는 탈북녀들을 이끌고 베드로의 집으로 향했다.

염진숙은 장중환 목사가 담임 목사로 있는 대한민국의 여호수아교회에 집사로 있는 사람인데 이곳 일을 도우려고 자진해서 남편과 함께 왔다는 것으로 정필은 알고 있다.

탈북녀들이 내리고 레인지로버가 다시 출발하자 할머니와 최태호 등은 그제야 크게 안도의 한숨을 내쉬면서 말문을 열었다.

"정필아, 너 어디 다치지 않았니?"

"저는 괜찮습니다, 할머니."

"정필아, 너 정말 대단하다이. 우린 연희를 거반 포기했었는데 너는 연희를 어케 구했니?"

최태호의 물음에 연희가 뒤돌아보면서 손짓을 해가며 신나게 설명했다.

"규찰대 놈들이 저한테 못된 짓을 하려는데 오라바이께서 역전 창고 문을 부수고 들어와서리 단숨에 네 놈을 다 때려눕혔슴다. 저는 오라바이처럼 싸움을 잘하는 사람은 생전 처음 봤습다."

"야아… 그게 정말이야, 누나?"

"고럼. 길티 않고, 아까 그 국경수비대 병사가 '이 쌍간나새 끼들 자 죽여버리가서!' 하고 총을 쏘려고 하는데, 정필 오라 바이께서 '야, 죽이지 마라' 하고 나서더니 몽둥이 하나로 그 아새끼들을 순식간에 다 때려눕힌 거이야!"

"야아아… 우리 정필 형님, 고조 굉장합다……!"

정토는 양손의 엄지손가락을 치켜세우면서 존경 어린 표정 을 지었다.

정필이 뒤돌아보면서 열변을 토하는 연희의 옆얼굴을 보니 까 벌겋게 부어 있었다.

아까 규찰대 놈들에게 강간을 당하려고 할 때 맞아서 그런 것 같았다.

정필로서는 몹쓸 짓을 당하기 전에 연희를 구할 수 있어서 천만다행이었다.

"이렇게 예쁜 여동생인데 무사해서리 다행임다."

연희의 옆얼굴을 바라보는 정필의 몸속에서 은애가 사근거 리는 목소리로 말했다.

정필은 할머니 가족을 김길우네 집으로 모시고 갔다.

청강호가 미리 가져온 할머니 가족의 증명사진으로 중국

공민증을 만들어놨기 때문에 이곳에서 생활해도 별문제가 없을 것이다.

자정이 훨씬 넘은 시간이지만 거실에는 향숙과 송화, 이연화, 혜주 모녀, 순임 등 이곳에서 지내는 모든 사람이 모여앉아서 정필이 돌아오기만을 기다리고 있었다.

정필이 집에 들어서자 그를 반기는 온갖 호칭이 와르르 쏟아져 나왔다.

"정필 씨……! 어서 오기요."

"오라바이! 돌아오셨슴까?"

"여보! 무사함까?"

"아빠! 이제 오심까?"

뒤따라 들어오던 할머니와 가족들은 젊은 여자들이, 그것도 하나 같이 뽀얗고 예쁜 미인들이 마치 귀가하는 가장을 반기는 가족처럼 정필에게 우르르 달려들어 안기며 반기는 광경을 보고는 깜짝 놀라 멈칫거렸다.

할머니가 뒤에서 정필의 옷자락을 살짝 잡아당겼다.

"정필아, 다들 뉘기냐?"

"저와 함께 지내는 북한 사람들이에요."

"그런데 여보는 뭐이고 아빠는 뭐인둥?"

정필은 빙그레 웃었다.

"그냥 장난삼아 부르는 거니까 신경 쓰지 마세요."

할머니 강옥화가 넓은 거실 소파를 등지고 앉았으며, 그 옆에 작은아버지 부부 최태호와 선승연이, 그리고 연희와 정토는 할머니 옆에 앉았다.

향숙과 혜주 모녀 등 탈북녀들과 김길우, 이연화는 아들 준태를 안고 거실 양쪽에 나란히 앉았다.

정필은 할머니 앞에 서서 자세를 바로잡고 공손하게 말했다.

"할머니, 절 받으세요."

"오냐."

정필이 절을 하겠다는데 할머니는 감격해서 벌써부터 눈물을 흘리기 시작했다.

정필은 천천히 무릎을 꿇고 두 손을 앞에 모으며 난생처음 할머니에게 절을 올렸다. 자꾸만 가슴이 뭉클거렸으며 눈시울이 뜨거워졌다.

"내가 살아서리 장손의 절을 받다이……. 이거이 꿈이 아이고 생시라는 말임둥?"

할머니는 절을 한 후에 무릎을 꿇고 앉은 정필을 얼싸안고 기뻐서 어쩔 줄을 몰랐다.

할머니는 연희가 건네준 손수건이 흠뻑 젖도록 눈물을 흘리고 또 흘렸다.

정필은 최태호와 선승연 앞에 섰다.

"작은아버지, 숙모, 절 받으세요."

"그래."

최태호 눈에는 눈물이 그렁그렁 고였고 선승연은 수도꼭지를 틀어놓은 것처럼 눈물을 쏟았다.

거실 양쪽에 늘어앉아서 지켜보는 사람들 중에서 울지 않는 사람이 없다.

정필이 작은아버지 부부에게 절을 마치자 할머니가 연희와 정도를 보며 눈물을 훔치며 일러주었다.

"너희들도 오라바이하고 형하고 맞절해라이."

정필과 연희, 정도는 마주 보고 서서 사촌 형제끼리 처음으로 맞절을 했다.

절이 끝난 후에 정필이 거실에서 대한민국 서울의 반포 집으로 전화를 했다.

자정이 넘어 새벽 1시가 되고 있는 늦은 시간이지만 이곳 연길처럼 반포 집에서도 모두 자지 않고 있을 것이다. 정필이 강옥화와 최태호 가족을 데리고 온다는 사실을 알고 있기 때문이다.

모두들 숨을 죽이고 정필만 뚫어지게 주시했다.

"아… 할아버지."

반포 집에서 전화를 받은 사람은 할아버지 최문용이다. 신호가 한 번 울리자마자 받았다. 그는 밤 10시 이후부터 전화 옆에서 정필의 전화만 기다리고 있었다.

"정필아! 어케 됐니?"

최문용의 목소리에서 초조함이 진득하게 묻어났다.

"할머니 옆에 계세요. 바꿔 드릴게요."

"어… 응… 그래……."

최문용은 벌써 목이 메는지 대답을 제대로 못 했다.

정필은 두 손으로 할머니에게 수화기를 내밀었다.

"할머니, 할아버지입니다."

할머니는 부들부들 떨리는 두 손으로 수화기를 받아 귀에 갖다 대는데 안색이 백지장처럼 새하얗다.

실내의 모든 사람은 숨소리조차 내지 않고 할머니에게 시선을 고정시켰다.

수화기를 들고 있는 최문용과 할머니 강옥화는 잠시가 지나도록 아무 말도 하지 않고 가만히 있었다.

"이보오, 옥화 거기 있소?"

이윽고 최문용이 말문을 열자 강옥화는 왈칵 눈물을 쏟으면서 수화기를 떨어뜨리고 그 자리에 고꾸라지듯이 엎드리며 오열했다.

"어흐… 으흐흑!"

'옥화'라는 이름은 43년 전에, 아니, 처음 시집왔던 51년 전부터 남편 최문용이 불러주었던 정겹고도 그리운 호칭이다.

"여보! 옥화! 내 말 듣는기요?"

작은아버지 최태호가 급히 강옥화를 부축해서 등을 쓰다듬고, 정필이 수화기를 들었다.

"할아버지, 할머니 우시느라 전화 못 받으십니다."

"여보… 옥화… 어흐응……!"

최문용은 정필의 말이 들리지 않는 모양이다. 강옥화가 여전히 수화기를 들고 있는 것으로 알고 있다.

정필이 처다보자 강옥화가 흐느끼면서도 수화기를 달라고 두 손을 내밀고 있어서 얼른 건네주었다.

"여보, 연이 아바이……."

강옥화의 입에서 끊어질 듯 헐떡거리는 목소리가 흘러나왔다. 그녀는 43년 이전에 남편 최문용을 장남 태연의 이름 끝자를 따서 '연이 아바이'라고 불렀었다.

"이보오! 옥화… 당신 옥화요?"

"어흐윽……! 냅니다……. 당신 로딕(부인) 강옥화가 바로 냅니다……. 여보… 우리 나그네… 여태 살아계셨습까……."

강옥화의 애끓는 외침에는 조금도 반가움이 담겨 있지 않았다. 그저 한(恨)만 가득 담겨 있을 뿐이었다.

"끄으으… 옥화… 용서하오……. 내 잘못했소……. 당신 말을 듣고 집을 떠나는 거이 아니었는데… 끄으윽……!"

"연이 아바이… 어째 여태 혼자 사셨슴까……? 그 긴 세월을 어째 혼자 사셨슴까?"

"내래 혼자가 아니었어. 연이가 있었잖아. 연이를 옥화 당신 보듯이 하면서 살았소……."

"아이고, 여보… 여보… 우리 나그네……. 가련해서 내 어쩜까… 어흐흑……!"

말없이 굵은 눈물만 뚝뚝 떨어뜨리고 있는 정필은 할머니가 더 이상 통화를 계속하다가는 기절할 것 같아서 그녀의 손에서 수화기를 빼냈다.

흐느껴 울면서 뒤로 눕는 강옥화를 며느리 선승연과 연희가 조심스럽게 안았다.

정필에게 수화기를 받은 최태호는 눈물을 흘리면서도 흐느끼지 않으려고 어금니를 악물었다.

"아버지, 저 태호임다."

"어……."

"아버지… 저 누군지 아시겠슴까……?"

"그래… 아다마다… 우리 둘째 장군 태호 아니냐……."

"아버지……."

"태호야… 내 얘기 다 들었다이……. 아매 모시고 너 참말고생 많이 했꼬마이……. 어으… 태호야……."

최문용과 둘째아들 최태호는 수화기를 붙잡고 우는 바람에 더 이상 아무 말도 하지 못했다.

*   *   *

차아아—

12월 21일 새벽 2시, 정필과 탈북자들을 태운 흑천호가 잔잔한 밤바다를 가르면서 쏜살같이 달리고 있다.

조타실에는 배를 몰고 있는 꽁타첸과 정필, 김길우, 은주, 연희, 정토가 앉아 있다.

운전대를 잡은 꽁타첸 뒤쪽에는 딱딱하고 긴 나무 의자가 있는데 그곳에 정필 등이 나란히 앉아 있었다.

"따거."

꽁타첸이 정필을 돌아보면서 뭐라고 말하자 김길우가 통역했다.

"터터우, 20㎞만 더 가면 공해랍니다!"

큰 소리를 지르지 않아도 잘 들리는데 김길우는 흥분해서 고함을 질러댔다.

"오라바이, 선실에 가보기요."

정필 몸속에 있는 은애가 긴장한 목소리로 일러주었다. 그렇지 않아도 정필 역시 지금쯤 선실에 가볼 생각이었다.

정필이 옷깃을 여미고 일어섰다.

"선실에 가봅시다."

그가 조타실을 나서자 은주와 김길우, 연희, 정토가 모두 따라나섰다.

이때쯤 연희와 정토는 정필과 매우 친해져 있었다. 두 사람이 정필과 지낸 시간은 만 하루가 조금 지났을 뿐이지만, 정필이 얼마나 훌륭하고 다정한 사람인지 아는 데에는 충분한 시간이었다.

연희와 정토는 정필을 자신들의 우상으로 삼았다. 두 사람은 정필을 닮고 싶어 했으며 그가 자신들의 빛이 되어주기를 원했다.

조타실을 나서자 거센 강풍이 정필 등을 휘몰아쳐서 몸이 휘청거렸다.

"앗! 오라바이!"

은주와 연희가 동시에 비명을 지르면서 정필을 붙잡았다.

바람이 세차기는 하지만 남쪽으로 많이 내려와서인지 춥지는 않았다. 정필은 은주와 연희를 양팔로 안고 좁은 통로를 걸어갔다.

조타실 뒤쪽에 붙어 있는 선실은 원래 어선의 일꾼들이 사용하는 침실이다. 문을 열면 주방이 나타나고 안쪽에 있는 또 하나의 문을 열면 양쪽으로 그저 방바닥뿐인 아담한 공간이 나온다.

그곳에 강옥화 할머니 가족과 은주 엄마 김금화와 선미 엄마 이명순, 선미, 혜주 모녀, 김길우의 처 이연화와 아들 준태 등 노약자들이 누워 있다.

다른 사람들은 모두 갑판 아래 잡은 고기를 넣어두는 곳 어창(魚艙)에 있다.

이 배은 여객선이 아니고 어선이라서 사람이 머물 수 있는 공간이 한정되어 있다.

또한 바다에서도 중국 해양경찰이나 해군의 불시검문이 있을 수 있기 때문에 대다수는 은밀한 장소에 숨어 있는 편이 좋다.

"아빠!"

모두들 누워 있는데 혼자만 멀뚱거리고 있던 혜주가 들어서는 정필을 발견하고 발딱 일어나 달려와 안겼다.

선실에서 말짱한 사람은 혜주와 어린 준태뿐이다. 다른 사람들은 뱃멀미 때문에 기진맥진한 상태다. 출발하기 전에 다들 멀미약을 복용했지만 난바다에서 가랑잎처럼 흔들리는 어선 안에서는 버틸 재간이 없다.

정필은 혜주를 안고 바닥에 앉으며 모두에게 말했다.

"잠시 후에 공해에 들어설 겁니다. 거기에서 만나기로 한 대한민국의 배는 이 배보다 훨씬 크니까 뱃멀미가 한결 덜할 겁니다."

그제야 정필이 온 것을 안 사람들이 부스스 일어나려고 하자 정필이 급히 만류했다.

"일어나지 마시고 그대로 누워 계십시오."

뱃멀미에는 누워서 꼼짝하지 않는 게 최고라고 꽁타첸이 가르쳐 주었다.

정필은 최태호와 선승연 가운데 옆으로 누워 있는 강옥화에게 무릎걸음으로 다가갔다.

"할머니, 괜찮으세요?"

정필이 차가운 손으로 이마를 만지자 강옥화는 그제야 간신히 눈을 떴다.

"음… 정필이냐……. 내는 일 없다."

정필은 할머니가 안쓰러웠지만 지금으로썬 그가 해줄 수 있는 게 아무것도 없다.

정필은 선실을 나서기 전에 연희와 정토더러 어른들 시중을 들라고 남겨두었다.

"아빠, 저는 따라갈 겁다."

"혜주야."

"이자 조금 있으면 아빠하고 헤어질 거인데 같이 있으면 안됨까?"

혜주는 두 팔로 정필의 허리를 꼭 안고 놔주지 않았다.

은주는 혜주의 머리를 쓰다듬으면서 미소 지었다.

"그래. 혜주도 같이 가자꼬마."

그런데 그때 구석에 퍼져 있던 혜주 엄마 한유선이 몸을 제대로 가누지 못하면서도 비칠거리며 상체를 일으켰다.

"여보… 저도 같이 갈 거임다… 우욱!"

그렇지만 그녀는 곧 비닐 봉투를 집어 들고 거기에 얼굴을 들이밀면서 토악질을 해댔다.

정필은 어창에 있는 사람들까지 둘러보고 나서 다시 조타실로 향했다.

어창에 있는 사람들은 선실보다 더 심했다. 평소에는 잡은 물고기를 담아두는 곳이라서 비린내가 진동하고 또 단단한 바닥에 스티로폼을 깔고 이불을 덮고 있는 정도이기 때문에 장시간 갇혀 있는 것이 여간 괴로운 게 아니다.

더구나 구토물을 담은 비닐봉지에서 심한 악취가 풍겨지는 바람에 사람들을 더 괴롭혔다.

꽁타첸은 의자에서 일어나 운전대를 잡은 채 모니터의 해도를 들여다보고 있다가 들어서는 정필을 힐끗 쳐다보면서 뭐라고 말했다.

"무전기 주파수 맞추랍니다."

흑천호는 공해상에서 대한민국에서 나온 배와 접선하기로 했지만 좌표라는 것이 커피숍의 어느 테이블이라고 정확하게 한 장소를 지목하는 것이 아닌 만큼 그 좌표에 들어섰다고 해도 무전기로 서로를 호출해서 찾아야 한다.

정필은 사전에 김낙현의 사위인 이진철과 상호간에 무전기로 교신하자고 말을 맞추고 주파수를 정해놨기 때문에 두 척의 배가 무전기의 반경 10㎞ 이내에 있다면 금세 찾아낼 수 있을 것이다.

치지이— 치익!

"아… 아… 여긴 흑천호! 이진철 씨!"

정필과 김길우가 무전기를 한 대씩 쥐고 같은 주파수를 맞춘 후에 이진철을 호출해 보았다.

꽁타첸이 밖을 향해 뭐라고 소리치자 그에게 고용된 2명의 선원이 배의 이곳저곳을 오가면서 바다에서 무언가를 찾는 시늉을 했다.

"터터우! 상대 배를 찾아보람다!"

정필은 은주와 혜주를 조타실에 앉아 있게 하고 밖으로 나와 캄캄한 밤바다를 두리번거리면서 배를 찾는 한편 무전기로는 이진철을 호출했다.

"이진철 씨! 여긴 흑천호! 이진철 씨! 대답하세요!"

치이익— 치지이—

칠흑같이 어두운 밤바다에는 아무것도 보이지 않았고 무전기에서도 아무런 응답이 없다.

파도가 심해지고 바람도 거세졌다.

육지에서 가까운 연안 근해에서 30톤짜리 어선은 그래도 중형급에 속하지만 이런 난바다에 나오면 그저 일엽편주일 뿐이다.

더구나 지금처럼 파도가 2~3m에 이르면 30톤짜리 배는 일엽편주에서 가랑잎으로 신세가 바뀐다. 그래서 난바다를 항해하려면 큰 선박이 필요한 것이다.

정필은 배의 롤링이 갈수록 심해지자 선실과 어창에 있는 사람들이 걱정됐다.

지금까지는 그나마 수월하게 항해를 했는데도 심한 뱃멀미에 시달렸는데 이런 상황에서는 그야말로 초주검이 되고 말 것이다.

"길우 씨! 계속 호출하세요!"

정필은 김길우에게 외치고 어창으로 달려갔다. 건강한 그조차도 배에 타기 전에 멀미약을 복용했는데도 불구하고 심한 메스꺼움을 느끼고 있는 형편인데 대부분 여자에 노약자인 탈북자들은 더 견디기 어려울 것이다.

드궁! 쿵!

정필은 양쪽 두 개로 이루어진 어창의 무거운 철문을 모두 열어젖혔다.

아래를 내려다보니 그가 예상했던 것보다 훨씬 심한 상황이 벌어지고 있었다.

어디 붙잡을 곳도 마땅치 않은 토굴 같은 네모난 어창 속에서 30여 명의 사람은 짐짝처럼 이리저리 굴러다니면서 구토를 하고 난리가 벌어지는 중이고 고통스러운 비명과 신음 소리가 난무했다.

그렇지만 정필은 저 많은 사람을 어창 밖으로 나오게 하는 것은 좋지 않다고 생각했다. 밖으로 나와서 차가운 바람을 쐬면 잠시 동안 멀미가 나아지기는 하겠지만 시간이 지나면 상황이 마찬가지일 것이다.

더구나 배가 지금처럼 심하게 요동을 치는데 자칫하면 배 밖으로 추락할 수도 있고 이리저리 쓰러지다가 부딪쳐서 다칠 수도 있다.

정필은 아래를 향해 외쳤다.

"이제 거의 다 왔습니다! 조금만 참으십시오!"

그의 외침도 어창의 탈북자들에겐 별 위로가 되지 못하는 것 같았다.

조석근과 은철이만 빼고 모두 여자인 그들은 오라바이! 선생님! 정필 씨! 를 외쳐 부르면서 더 이상 견딜 수 없다고 통사정을 하면서 울부짖었다.

다만 향숙이만 딸 송화를 부둥켜안고 어창 구석에 처박힌 채 아무 말도 하지 않을 뿐이다.

그녀는 자신은 괜찮으니까 걱정하지 말라고 정필에게 외쳐서 그의 마음을 조금이라도 편하게 해주고 싶지만, 입을 열기만 하면 토악질이 나올 것 같아서 그러지도 못하는 게 원망스러웠다.

어창의 상황을 보고 있는 정필은 더할 수 없이 초조해져서 무전기를 입에 대고 악을 쓰듯이 외쳤다.

"이진철 씨! 대답하십시오! 이진철 씨!"

그때 배 앞쪽에서 김길우의 악쓰는 소리가 들렸다.

"터터우! 이리 와보기요! 터터우!"

김길우의 목소리가 너무도 다급했기에 혹시 무슨 일이 터졌나 싶어 가슴이 철렁 내려앉은 정필은 구르듯이 배 앞쪽으로 달려갔다.

"저, 저기 보십시오! 저기 뭐임까?"

"뭐야, 저게?"

그는 김길우 뒤쪽에 멈춰 서서 얼굴을 잔뜩 찌푸렸다.

저만치 캄캄한 전방에서 거대한 불빛이 서서히 이쪽으로 다가오고 있었다.

정필은 태어나서 저런 엄청난 물체를 처음 봤다. 하지만 그가 알고 있는 모든 상식을 동원해서 내린 결론은 저것이 거대한 배라는 사실이다. 거대한 배가 환하게 불을 밝히고 항해를 하고 있는 것 같았다.

'지나가는 선박일 것이다.'

점점 가까이 다가오는 거대한 물체, 즉 배를 쏘아보면서 정필은 그런 결론을 내렸다.

공해상에서 만나기로 한 이진철이 빌린 배는 100톤급이라고 했지 저런 어마어마한 배가 아니다.

"길우 씨! 선장에게 물러나라고 하세요!"

"그러면 되갔슴까?"

"바다에는 많은 배가 다닙니다! 아마 저 배도 지나가는 화물선이나 유조선일 겁니다!"

"그렇갔군요!"

김길우는 얼굴이 밝아져서 조타실로 뛰어갔다.

잠시 후에 흑천호가 짧은 원을 그리면서 급선회하여 방향을 바꿔 속도를 높였다.

우우웅—

그렇지만 정필은 뒤돌아보다가 미간을 잔뜩 찌푸렸다. 당연히 뒤쪽으로 지나쳐 갈 것이라고 여겼던 거대한 배가 방향을 바꿔 흑천호를 곧장 뒤따라오고 있다.

흑천호를 추격하고 있는 것이 분명했다. 그렇다면 저 배는 화물선이나 유조선 따위가 아니라 해양경찰의 경비함이거나 해군 함정일 가능성이 크다.

조타실의 꽁타첸이 다급한 표정을 지으며 얼굴을 창밖으로 내밀면서 뭐라고 악을 썼다.

굳이 김길우가 통역을 하지 않아도 정필은 어떻게 할 것이냐고 묻고 있는 것이라고 짐작했다.

정필은 정신이 번쩍 들어 김길우에게 소리쳤다.

"길우 씨! 지금 이곳이 공해상이냐고 물어보십시오!"

김길우가 외쳤다.

"대한민국 영해로 들어왔답니다!"

"그럼 됐습니다!"

정필은 추격하는 배가 대한민국의 해양 경비함일 거라는 데 희망을 걸었다.

만에 하나 중국 해양 경비함이거나 해군 함정이라면 끝장이다. 그렇지만 중국 배들이 대한민국 영해에 마음대로 들어올 리가 없다.

쩌컹! 파악!

그때 둔탁한 소리가 터지더니 눈부시고 강렬한 빛이 흑천호로 확 비쳐졌다.

뒤쫓고 있는 배에서 흑천호를 향해 강력한 서치라이트를 비춘 것이다. 그러고는 추격하고 있는 배에서 방송이 웅웅거리면서 흘러나왔다.

"헤이티앤하오! 팅촨!"

정필은 자신들의 배 흑천호가 중국말로 '헤이티앤하오'라는 것을 김길우가 말해줘서 알고 있었다. 그렇다면 '팅촨'은 멈추라는 뜻일 것이다. 즉, 저 배는 흑천호에게 정선 명령을 내린 것이다.

그런데 방금 그것은 중국어 방송이다. 대한민국 해양 경비함이 중국 배를 향해서 중국어 방송을 하는지 어떤지 정필로선 아는 바가 없다.

그런데 바로 그때 정필의 복잡한 머리를 한순간 환하게 밝혀주는 일이 벌어졌다.

정필과 김길우가 쥐고 있는 무전기에서 동시에 누군가의 목소리가 흘러나왔다.

치이익—

"정필 씨, 저 이진철입니다. 지금 대한민국 해양 경비함에 타고 있습니다. 배를 멈추세요."

'이진철!'

공해상에서 만나기로 한 이진철이 어째서 대한민국 해양 경비함에 타고 있는지 모르겠지만 그의 목소리를 듣는 순간 정필과 김길우는 반가운 표정을 지었다.

"터터우!"

조타실 옆에 붙어 서 있는 김길우가 정필을 쳐다보았다.

"배를 멈추라고 하십시오!"

흑천호가 멈추자 대한민국의 3천 톤급 어마어마한 크기의 해양 경비함이 서서히 다가왔다.

정필은 해양 경비함 측면에 'KOREA COAST GUARD'라고 커다랗게 적힌 것을 바라보며 왠지 안도하는 마음이 되었다.

이윽고 해양 경비함은 흑천호 옆에 나란히 섰다. 흑천호는 해양 경비함 측면에 달라붙은 껌처럼 왜소했다.

"정필 씨!"

해양 경비함 갑판에 나타난 이진철이 정필을 내려다보면서 반갑게 소리쳤다.

"어떻게 된 겁니까?"

"내려가서 얘기합시다!"

정필이 묻자 이진철이 웃으면서 손짓을 했다. 많은 사람이 있는 곳에서 할 얘기가 아니라는 뜻이다.

그때 이진철 옆에서 간부급 해양경찰, 즉 해경 한 명이 손에 쥔 무선마이크를 입에 대로 흑천호를 굽어보며 물었다.

"흑천호 책임자가 누굽니까?"

"접니다!"

정필이 대답하자 해경이 또 물었다.

"귀선에 북한 이탈 주민들이 탑승해 있다는데 맞습니까?"

"맞습니다!"

"모두 몇 명입니까?"

"탈북자 37명, 그 외 5명, 총원 42명입니다!"

해경이 정필에게 경례를 붙였다.

"저는 대한민국 서해해양경찰청 소속 제1537함의 함장 전학주 경정입니다! 지금부터 귀선으로부터 북한 이탈 주민들을 인수하겠습니다!"

제대한 지 얼마 안 되는 정필은 자신도 모르게 마주 경례를 하려다가 가볍게 고개를 숙였다.

"부탁합니다."

경비함 갑판에서는 해경 수십 명이 일사불란하게 움직이면서 흑천호를 경비함에 밀착, 단단하게 고정시켰다.

이어서 경비함 측면 난간의 문이 열리면서 그곳에 고정되어 있는 튼튼한 철제 계단을 흑천호 난간으로 내렸다.

탁!

계단으로 이진철이 제일 먼저 내려왔다.

"정필 씨, 많이 기다렸습니까?"

"그보다 어떻게 된 겁니까?"

이진철이 손을 내밀자 정필이 악수를 하면서 궁금한 얼굴로 물었다.

이진철은 흑천호를 둘러보면서 설명했다.

"남쪽에서 태풍이 북상하고 있다는 일기예보가 있었습니다. 제가 준비한 배는 100톤급인데 그 정도로는 아무래도 안심이 되지 않아서 급히 상부에 보고했더니 해양 경비함을 내준 겁니다."

정필은 경비함에서 계단으로 내려오는 해경들을 응시했다.

"변동 사항은 없습니까?"

"그렇습니다. 제가 탈북자들을 어선에 태우고 한국으로 입항하든가, 경비함을 타고 입항하든가 안기부에서 그들을 인수하는 것은 똑같습니다. 현재 군산항에 안기부 사람들이 나와서 대기하고 있습니다."

"그렇군요."

정필과 이진철이 얘기하고 있는 동안 김길우와 꽁타첸, 2명의 선원이 흑천호의 선실과 어창을 열어서 탈북자들을 모두 밖으로 나오게 했다.

탈북자들은 갑판으로 나와서 어지러워 비틀거리며 난간을 붙잡고 토하느라 난리다.

정필이 할머니 가족을 찾으러 가려는데 이진철이 그의 팔을 붙잡았다.

"정필 씨."

정필이 돌아보자 이진철이 미소를 지었다.

"원래는 정필 씨 가족이 태안부두에서 기다리시기로 했잖습니까?"

"그랬었죠."

이진철이 경비함을 가리켰다.

"같이 오셨습니다."

정필은 움찔 놀랐다.

"할아버지께서 말입니까?"

"할아버님뿐만 아니라 부모님과 여동생까지 모두 오셨습니다. 저를 따라오시겠다고 어찌나 강경하게 나오시는지 어쩔 수 없었습니다."

"하아……."

경비함을 바라보는 정필의 가슴이 뭉클했다.

할머니와 작은아버지 가족을 일 초라도 빨리 만나고 싶어 하는 할아버지와 아버지의 심정이 정필에게 고스란히 전해지는 것 같았다.

정필은 이진철의 두 손을 다시 한 번 굳게 잡았다.

"이진철 씨, 고맙습니다."

"나중에 소주 한잔 사십시오."

정필은 이진철의 미소를 뒤로하고 할머니와 작은아버지 가족을 찾아 나섰다.

탈북자가 37명이나 되기 때문에 흑천호 앞쪽 좁은 갑판에

다 모이지 못하고 옆의 통로와 뒤쪽에 여기저기 분산해서 모여 있었다.

정필은 앞쪽 갑판으로 데려온 할머니 강옥화의 두 손을 꼭 붙잡고 부드러운 얼굴로 말했다.

"할머니, 고생 많았죠?"

정필이 연길 제1 백화점에서 산 고급스러운 분홍색 파카를 입은 강옥화는 오랜 항해로 고생한 탓에 백발 머리카락이 흐트러지고 안색이 노래졌으면서도 애써 미소 지으면서 손사래를 쳤다.

"내래 일 없다."

그녀는 거대한 경비함을 가리켰다.

"이자 저 배를 타고 남조선으로 가는 거이니?"

"그렇습니다, 할머니."

정필은 강옥화를 잡아당겨 품에 안고 등을 쓰다듬으면서 부드럽게 등을 쓰다듬었다.

"할머니, 제 말 듣고 놀라지 마세요."

정필은 할아버지와 아버지가 경비함에 타고 있다는 말을 듣고 연로하신 할머니가 충격을 받을까 봐 무엇보다도 그게 제일 걱정이다.

"할머니, 저 배에 할아버지하고 아버지, 저희 가족들이 타고 계십니다."

강옥화는 정필의 품에서 떨어지며 어리둥절한 표정으로 그의 얼굴을 올려다보았고, 옆에 서 있다가 그의 말을 제대로 알아들은 작은아버지 최태호와 가족들은 크게 놀라서 경비함을 쳐다보았다.

"정필아, 너 방금 뭐이라고 그랬니야?"

"할머니, 할아버지하고 아버지께서 할머니를 만나려고 여기까지 오셨어요."

강옥화는 눈을 커다랗게 뜨고 경비함을 바라보았다.

"기니끼니 니 말은 저… 배에… 우리 나그네하고 연이가 타고 있다는 거이냐?"

"그래요, 할머니."

정필은 할머니가 충격을 받을까 봐 꼭 붙잡고 있는데 뜻밖에도 그녀는 격앙된 표정을 지으며 정필의 손을 잡아끌면서 서둘러 계단으로 다가갔다.

"정필아, 날래 가자우, 어잉?"

"할머니, 괜찮으세요?"

"개안치… 내래 개안코 말고……."

그렇게 말하는 강옥화의 눈에서는 정말 비 오듯이 눈물이 쏟아지고 있었다.

해경들이 탈북자들에게 외쳤다.

"모두 일렬로 줄을 서십시오!"

"몸이 불편하신 분은 손을 들고 말씀하십시오!"

이진철이 정필에게 가까이 다가왔다.

"정필 씨, 앞으로 갑시다."

이진철이 정필과 강옥화, 작은아버지 가족을 줄의 제일 앞쪽으로 안내하고는 조심스럽게 강옥화의 팔을 잡고 계단으로 이끌었다.

"할머니, 올라가십시오."

정필이 강옥화를 부축해서 계단을 오르려고 하는데 뜻밖에 해경이 제지했다.

"대한민국 국민은 승선하시면 안 됩니다."

"알고 있습니다만 경비함 위까지만 가도 안 되겠습니까?"

"안 됩니다. 경비함은 대한민국 영토입니다. 지금 이곳에 계신 것도 불법 입국에 해당합니다."

그 광경을 지켜보면서 답답한 표정을 짓고 있던 이진철이 경비함을 올려다보며 외쳤다.

"함장님! 30분만 선처해 주십시오!"

경비함장이 아래를 내려다보면서 고개를 끄떡이자 이진철이 미소 지으며 정필을 쳐다보았다.

"정필 씨, 올라가십시오."

정필은 두 손으로 강옥화의 몸을 잡아 계단에 올려주었다.

"할머니 먼저 올라가세요. 제가 뒤에서 밀어드릴게요."

"오냐."

강옥화가 계단을 오르자 정필이 뒤따라 오르면서 손으로 그녀의 등을 부드럽게 밀었다.

계단 위에 대기하고 있던 여경이 강옥화의 팔을 잡아 안전하게 갑판에 오르게 해주었고 뒤이어서 정필이 올라왔다.

강옥화는 갑판에 올라오면 최문용이 기다리고 있을 줄 알았는지 초조한 표정으로 주위를 두리번거렸지만 사방에 불빛만 가득해서 눈이 부셔 아무것도 보이지 않았다.

정필은 계단에서 15m 떨어진 선실 문 앞에 최문용과 부모님, 여동생 선희가 서 있는 모습을 발견했다. 그들 앞에는 두 명의 해경이 이쪽을 보고 서 있었는데, 할아버지 등이 민간인이라서 통제를 하는 것 같았다.

정필은 할머니 손을 잡고 최문용 쪽으로 이끌었다.

"할머니, 이쪽으로 오세요."

"할아바이 찾았니야?"

"네, 저기 계세요."

뒤따라 올라온 최태호와 가족들은 정필의 뒤를 따랐다.

연희가 저만치 앞쪽에서 해경들을 뿌리치고 이쪽으로 달려오는 두 사람 최문용과 최태연을 발견하고 떨리는 손으로 아버지 최태호의 팔을 붙잡았다.

"옴마나… 아바이… 저기……."

엎어질 것처럼 한달음에 달려 나온 최문용과 최태연은 강옥화 앞에 우뚝 멈추었다.

강옥화는 자기 앞에 멈춰선 사람이 누군지 미처 알아차리지 못하고 깜짝 놀라 걸음을 멈추었다.

"어흐흐으……."

그러고는 백발이 성성하고 키 큰 잘생긴 노인이 자신을 굽어보면서 얼굴을 일그러뜨리며 눈물을 흘리는 모습을 올려다보고는 그 자리에 얼어붙고 말았다.

"아아……."

최문용은 덜덜 떨리는 두 손을 내밀며 한 걸음 다가섰다.

"어으흐… 옥화… 여보……."

"우리 나그네… 연이 아바이임까……."

"크흐흑! 그래… 내가 옥화 남편 최문용이야……."

최문용이 어깨를 잡자 강옥화는 덜덜 떨리는 두 손을 뻗어 그의 얼굴을 감싸 잡았다.

"여보… 이거이 참말 생시임까……. 내가 살아서리 우리 나그네를 만나고 이리 손으로 만지다이……."

강옥화의 얼굴에 기쁨과 행복이 가득 피어나고 두 눈에서는 굵은 눈물이 폭포처럼 쏟아졌다.

"우리 나그네 어찌 이리 늙었슴메……. 그 헌앙하던 모습은

다 어드메 가고 노인이 되었슴메……. 아이고… 이 양반아……."

"옥화… 당신은 내가 상상했던 그대로 늙었어……. 옛날이나 지금이나 옥화는 참으로 곱소……."

"여보… 나그네… 이기 꿈임까 생시임까……. 내는 이제 죽어도 여한이 없슴다……. 살다보이 어째 이런 경사가……."

최문용은 강옥화를 품에 안고 등을 쓰다듬으면서 하염없이 울었다.

"옥화… 나 없이 아이들 키우느라 정말 고생했소……."

"아이들 키우는 거이 어렵지 않았는데 당신 보고 싶은 거이 참말 힘들었슴다……."

"여보… 옥화… 옥화……."

최문용과 강옥화는 서로의 얼굴을 어루만지고 쓰다듬으면서 43년의 긴 세월을 뛰어넘으려고 애썼다.

그 옆에서는 형 최태연과 동생 최태호가 마주 보고 서 있다.

"형님……!"

"태호야……"

형 최태호가 아버지를 따라서 회령의 집을 떠날 때 8살이었고 동생 최태호는 5살이었다. 그런 두 사람이 형은 51세, 동생은 48세의 중년이 되어 다시 만났다.

두 사람은 누가 먼저랄 것도 없이 한순간 서로를 힘차게 끌어안으며 울음을 터뜨렸다.

"어이구! 태호야!"

"형님! 이기 얼마만임까……! 으흐흑……! 형님!"

정필과 연희, 정토는 이 극적인 상봉을 바라보면서 소리 없이 눈물을 흘렸다.

탈북자 37명이 모두 경비함에 올라와서 갑판에 모여 섰다.

해경들이 탈북자들에게 선실로 들어가라고 권했지만 그들은 들으려고 하지 않고 모두 정필 주위로 모여들었다.

여기에 있는 37명의 탈북자 중에서 정필하고 깊은 사연으로 얽히지 않은 사람은 한 명도 없다.

탈북자들은 한 사람씩 정필과 인사를 나누고 포옹을 하고 나서야 해경의 안내에 따라 선실로 들어갔다.

용정의 농장 얼음장 같은 축사에서 혹독한 추위에 얼어 죽어가다가 정필에게 구해진 젊은 여자들이 한 명씩 정필의 품에 안겨서 울음을 터뜨렸다.

여기에 그러지 않은 사람이 누가 있겠는가마는, 용정 축사의 여자들은 특히 더 정필을 생명의 은인이라고 여기고 그를 각별하게 좋아했다.

그가 아니었으면 더 많은 여자가 소똥 냄새 풍기는 차디찬 축사 바닥에서 얼어 죽었을 테고 얼굴도 모르는 중국 사내들에게 팔려가서 죽을 때까지 고생했을 테니까 말이다. 정필은 지옥에서 허덕이던 그녀들을 구해서 천국으로 이끌었다.

"오라바이……."

"그래, 상희야."

"오라바이……."

정필이 용정 축사에서 처음 만나 부축해서 일으켰던 19살 소녀 상희는 정필의 품에 안겨서 눈물을 흘리면서 그저 '오라바이'만 중얼거릴 뿐이다.

"저기 향숙 언니 보이지?"

정필이 한쪽에 서서 눈물짓고 있는 향숙을 가리켰다.

"너희들 모두 안기부에서 나오더라도 흩어지지 말고 향숙 언니한테 꼭 붙어 있어라. 내가 향숙 언니한테 말해두었고 또 다 준비해 놨으니까 너희들은 대한민국에서도 다 함께 편하게 살 수 있을 거야."

"알았슴다……."

상희를 이어서 또 몇 명의 여자가 흐느껴 울면서 정필에게 안기며 작별을 고하고는 선실로 들어갔다.

그 다음에 세 사람이 정필 앞으로 다가왔다. 제대로 먹지 못해서 키가 크지 않았다던 명옥이와 명옥 엄마, 남동생 명호 일가족이다.

향숙, 순임 등과 함께 인신매매단에게 붙잡혀 있다가 정필에게 구해졌던 명옥은 먹을거리가 가득 담긴 배낭을 메고 두만강을 건너 온성의 고향집으로 돌아갔다가 사흘 후에 엄마와 남동생을 데리고 다시 두만강을 건너 중국, 아니, 정필의 품으로 돌아왔었다.

18살에 145㎝이었던 명옥은 그동안 잘 먹어서 살이 올라 무척 예뻐졌으며 키도 무려 5㎝ 정도 커졌다. 평화의원 강명도의 말에 의하면 명옥은 아직 성장판이 닫히지 않아서 앞으로 더 클 거라고 했다.

"명옥아, 명호야, 엄마 말씀 잘 듣고, 너희들도 안기부 안에서 향숙 언니하고 꼭 붙어 있어라. 그리고 안기부에서 나오면 향숙 언니를 따라가라."

"네, 오라바이."

"알갔슴다, 형님."

선미와 선미 엄마 이명순을 구하러 육합촌에 갔다가 구해온 명옥의 친구 연순이도 갓난아기를 들쳐 업고 울면서 선실로 들어갔다.

석철이 정필 편으로 찍어서 보낸 동영상을 보고 비로소 대한민국행을 결심한 선미와 이명순은 또 다른 각별함 때문에 정필과의 이별을 아쉬워했다.

"선생님, 몸조심합소."

"어머니께서 구해주신 목숨이니까 잘 지키겠습니다."

이명순은 정필의 손을 잡고 당부했다.

"웬만하면 석철이도 탈북해서 남조선으로 오라 하시오. 내 말 꼭 전하기요."

"그렇게 하겠습니다."

선미가 정필의 품에 안겨서 나직이 흐느끼며 속삭였다.

"오라바이, 저하고 아매하고 같은 집 형제한테 팔려갔다는 거이 비밀로 해줘서 참말 고맙슴다. 사람들이 오라바이를 천사라고 하는 거이 맞는 말임다."

정필은 선미와 선미 엄마가 한 형제에게 팔려가서 동서지간이었다는 사실을 아무에게도 말하지 않았다. 그 대신 어느 노부부가 사는 집에 팔려가서 노부부의 뒤치다꺼리와 집안일을 하고 있었다고 거짓말을 했다.

정필은 원래 거짓말을 하지 않는 성격이지만 선미 모녀를 위해서 선의의 거짓말을 한 것이다.

"은애를 보고 싶은데… 갸는 어케된 거인지……."

"선미 씨."

선미의 말에 정필은 뭐라고 해줄 말이 없어서 가슴이 답답하기만 했다.

정필의 몸속에 있는 은애는 아까부터 줄곧 울고만 있다. 탈북자들은 은애를 모르지만 그녀는 여기에 있는 탈북자 한 명한 명을 다 잘 알고 있으며 정도 무척 들었다.

더구나 어릴 때부터 싸리말 친구인 선미가 자신의 안부를 묻자 서러움이 왈칵 치밀었다.

그때 조석근과 은철이 정필 앞으로 다가와서 섰다.

정필이 쳐다보니까 은주는 엄마 김금화와 저만치에 나란히 서서 이쪽을 바라보고 있었다.

현재 조석근 가족은 불편한 관계다. 그들은 연길에서 위해로 오는 관광버스 안에서도 따로 앉아서 왔으며, 여기까지 오는 동안 줄곧 서로 한 마디도 나누지 않았다.

은주는 철저히 엄마 편이고, 아직 어린 은철이는 부모가 왜 이런 상황이 됐는지 이유도 모른 채 아버지를 따라다니고 있다.

슥—

정필은 조석근이 악수를 하자고 손을 내밀자 그 손을 잡고 은철이 듣지 않게 한쪽으로 이끌었다.

"아버님, 한번 입장을 바꿔놓고 생각해 보십시오."

"……."

정필이 밑도 끝도 없이 말했지만 조석근은 그가 무슨 말을 하는지 알아차렸다.

"아버님께서 인신매매단에 의해 중국 시골구석으로 강제로 팔려가서 그곳에서 중국 여자와 살게 되었다고 칩시다."

정필은 조석근이 김금화가 임신을 했다는 이유로 그녀를 버리겠다고 한 결정 때문에 그를 곱지 않게 여기고 있지만 되도록 공손히 말하려고 애썼다. 그리고 마지막으로 한 번 더 그를 설득해 보기로 했다. 그래서도 안 된다면 어쩔 수 없는 것이다.

"그러다가 몇 달 만에 풀려나서 가족에게 돌아왔는데 가족이 아버님을 받아들이지 않겠다고 한다면, 과연 어떤 심정이겠습니까?"

"정필 씨가 무슨 말을 하는지 알겠소."

조석근은 착잡한 얼굴로 정필의 손을 놓았다.

"그렇지만 말이오. 내가 그런 상황이었다면 나는 가족에게 돌아가지 않을 것이오."

"……."

정필은 설마 조석근이 그렇게 말할 거라고는 예상하지 못했기에 적잖이 놀랐다.

조석근은 김금화가 돌아온 지금 상황에서도 그녀를 받아들이지 않겠다는 의지가 확고한 것 같았다.

정필은 더 이상 자신이 어떻게 할 수 없다는 생각에 조석근을 그만 보내주려고 하는데 그때 은애가 정필에게 무슨 말을 해주었다.

"아버님, 교화소에 계실 때 어머님께서 면회를 가서 하신 말씀을 기억하십니까?"

"어……."

조석근은 흠칫 놀라 정필을 쳐다보았다. 그걸 어떻게 네가 아느냐는 듯한 표정이 얼굴에 떠올랐다.

"그리고 교화소 징역 15년 형을 받은 아버님께서 어떻게 해서 석방됐는지도 잊지 않으셨겠지요?"

"그건……."

조석근의 얼굴이 착잡하게 변했다. 그는 잠시 고개를 숙이고 있더니 고개를 돌려 김금화를 바라보았다.

조석근을 바라보고 있던 김금화는 그가 쳐다보자 움찔 놀라더니 감히 마주 쳐다보지 못하고 고개를 숙였다.

정필은 은애가 시키는 대로 말했을 뿐이지 그게 무슨 내용인지는 알지 못한다. 그는 은애가 시킨 말에 자신의 생각을 덧붙였다.

"어머니께서 무엇 때문에 중국에 가셨습니까? 굶어서 죽어가는 가족을 살리기 위해서가 아니었습니까?"

김금화를 바라보는 조석근의 귀에 정필의 말이 송곳처럼 파고들었다.

"어머니께서 이날까지 가족을 위해서 희생한 일들을 생각해 보십시오."

김금화를 바라보는 조석근의 눈초리가 파르르 떨렸다. 그는 정필에게 아내를 버리겠다고 말하고는 그날부터 거의 굶다시피 하면서 괴로워했었다. 그런 결정을 내린 그라고 어찌 마음이 편했겠는가.

"어서 어머니께 가보십시오. 이제 대한민국에는 아버님 가족 네 사람밖에 없습니다. 낯선 땅에서 서로 도우며 살아야 하지 않겠습니까?"

조석근이 한 걸음 내디딜 것처럼 주춤거리자 정필은 그의 등을 슬쩍 떠밀었다.

조석근이 김금화를 향해서 천천히 걸어가는 것을 보고 은애가 나직이 흐느꼈다.

"이제 됐습다."

한쪽에서 차례를 기다리고 있던 혜주 모녀가 얼른 정필에게 다가와서 전혀 어색함 없이 안겼다.

"여보, 저 무섭습다."

"아빠는 대한민국에 언제 오실 검까?"

정필은 혜주 머리를 쓰다듬었다.

"우린 곧 만날 수 있을 거다."

정필은 손짓으로 향숙을 부르고 나서 저만치 가족들과 모여서 얘기를 하고 있는 여동생 선희를 불렀다.

향숙은 양손에 딸 송화와 유미의 손을 잡고 급히 다가왔고, 선희는 씩씩하게 뛰어서 왔다.

용정 농장의 축사에서 엄마를 잃고 연길 평화의원에 입원

해 있던 유미는 향숙이 딸처럼 돌봐주기로 해서 정필은 마음
이 놓였다.

그는 자신의 품속에서 숨을 거둔 유미 엄마에게 유미를 친
동생처럼 돌봐주겠다고 약속했었다.

정필은 옆에서 자신의 팔짱을 끼고 서 있는 선희를 소개했다.

"내 여동생입니다."

"안녕하세요. 최선희예요."

향숙과 한유선 등은 선희를 보고 너무 놀라서 눈을 휘둥그
렇게 떴다.

여자로서는 큰 170㎝의 키에 마른 듯 늘씬한 체격, 갸름하
면서도 서글서글한 서구 미인이며 굵은 웨이브 파마를 한 긴
머리카락을 찰랑거리면서 미소를 짓고 있는 선희의 외모를 바
라보는 탈북녀들은 자신들이 여신(女神)을 보고 있는 듯한 착
각에 빠져서 한동안 아무 말도 하지 못했다.

그때 은주가 달려와서 정필의 반대쪽 팔에 매달리듯 붙어
서며 짤랑짤랑한 목소리로 말했다.

"오라바이, 다 잘 됐슴다."

조석근과 김금화의 일이 잘 됐다는 뜻이다.

그러다가 선희를 발견한 은주는 너무 놀라서 낮은 탄성을
터뜨렸다.

"옴마야… 어찌 사람이 이리 예쁠까? 사람 맞슴까?"

정필이 빙그레 미소 지었다.

"은주야, 내 동생이다. 인사해라."

그러나 은주는 아름다운 선희를 바라보느라 정필의 말이 귀에 들어오지 않았다.

정필은 향숙과 한유선, 은주에게 앞으로 선희하고 긴밀하게 연락을 취할 것이며, 안기부에서 조사와 교육을 마치고 나오게 되면 선희가 안기부에 와서 미리 대기하고 있을 테니까 그녀를 따라가면 된다고 설명해 주었다.

그 이후 은주와 혜주 모녀, 향숙, 송화, 유미 등은 마치 정필하고 영원히 헤어지기라도 하는 것처럼 그에게 안겨서 울며불며 눈물 콧물 흘리면서 이별을 슬퍼하느라 잠시 동안 작은 소란이 벌어졌다.

그녀들이 모두 선실로 들어간 다음에 은주는 가족들에게 가고, 그 자리에는 정필과 선희만 남았다.

"오빠, 정말 그런 거액이 있는 거야?"

선희가 주위를 살피고 나서 정필에게 속삭이듯이 물었다.

그때 이연화와 아들 준태를 선실에 들여보낸 김길우가 흑천호에서 보스턴백을 들고 와서 정필에게 건네주었다.

정필은 손짓으로 이진철을 불렀다.

이진철이 이쪽으로 걸어오는 동안 정필은 선희에게 보스턴백을 슬쩍 들어보였다.

"선희야, 이 안에 280만 달러가 들어 있어."

"갖고 온 거야?"

선희는 크게 놀라 보스턴백을 내려다보면서 중얼거렸다.

"지금 환율이 달러당 875원이니까… 이런, 젠장. 24억하고 도 5천만 원이잖아?"

누가 통계학과 출신 아니랄까봐 선희는 말을 하는 동안 암 산을 해버렸다.

그리고 '이런, 젠장'이라고 하는 것은 선희가 놀랐을 때나 당 황했을 때 쓰는 그녀만의 감탄사다.

전혀 여자답지 않은 말버릇이지만 아는 사람들 사이에서는 꽤 유명하다.

정필은 용정의 농장에서 얻은 보스턴백의 250만 달러 중에 서 자신이 앞으로 중국에서 쓰게 될 20만 달러를 빼고, 혜주 엄마 한유선이 준 50만 달러를 보탠 280만 달러를 직접 갖고 왔다.

그 돈은 대한민국에 정착하는 탈북자들을 위해서 사용하 게 될 것이다.

정필은 앞에 선 이진철에게 보스턴백을 건네주었다.

"잘 부탁합니다."

"이겁니까?"

"그렇습니다."

사전에 정필과 전화 통화를 해서 280만 달러에 대해 알고 있던 이진철이 보스턴백을 받았다.

"염려 마십시오. 항구에 도착하는 대로 정필 씨가 지목하는 사람에게 주겠습니다."

이진철은 안기부 사람이기 때문에 이 배가 아무리 해양 경비함이라고 해도 그가 갖고 있는 물건을 검문한다거나 하는 일은 없을 것이다.

정필은 선희 어깨에 손을 얹었다.

"내 동생에게 주면 됩니다."

"알겠습니다."

부우우웅웅—

흑천호는 해양 경비함을 떠나 다시 중국 위해시를 향해 밤바다를 가르며 달렸다.

탈북자 37명을 내려놓아 무척이나 가벼워진 흑천호는 첫 번째 계획이 대성공하여 마음까지 가벼워진 정필과 김길우 등의 마음을 아는지 나는 듯한 속도로 질주했다.

흑천호 뒤쪽 갑판에 나란히 서 있는 정필과 김길우는 점점 멀어지고 있는 해양 경비함을 묵묵히 바라보았다.

"정말 다행임다. 사실 저는 일이 잘못될까 봐 얼마나 가슴을 조였는지 모름다."

김길우가 해양 경비함에서 시선을 떼지 않은 채 말했다.

"이진철 씨가 잘해주었습니다."

"그케 말임다. 대한민국 경비함을 몰고 오다이, 야아~! 참말 안기부 사람은 뭐이가 달라도 많이 다릅다."

"길우 씨, 연길에 도착하면 우리가 상의했던 일 진행하도록 하세요."

"알갔슴다."

정필이 김길우와 상의한 일은 영실의 식당 건물과 탈북자들을 위한 은신처를 매입하는 것이었다.

"아아… 오라바이, 이자 몇 달만 있으면 우리 가족이 대한민국 국민이 된다는 거이 생각만 해도 기쁩다."

은애의 심장이 두근거리는 것이 정필에게도 느껴졌다. 그렇지만 정필은 그 '가족'에서 은애가 빠졌다는 사실이 못내 가슴이 아팠다.

은애라고 어째서 그런 생각을 하지 않겠는가. 다만 표현하지 않을 뿐이다. 그런 그녀의 마음을 짐작하기에 정필은 가슴이 더욱 착잡했다.

제32장
대공정책 팀 10단

　레인지로버를 타고 아침에 위해시를 출발한 정필과 김길우는 쉬지 않고 달려서 저녁 7시에 북경에 도착했다.

　정필은 8시 45분 비행기로 대한민국에 갈 예정인데 시간이 남아 두 사람은 공항 내의 식당에서 저녁 식사를 하고 나서 주차장으로 향했다.

　"이번에 중국에 돌아올 때는 아마 중고차를 많이 가져오게 될 겁니다."

　정필의 말에 김길우가 적이 기대하는 표정을 지었다.

　"몇 대나 됩니까?"

"한 20대쯤 될 겁니다."

"이야……! 이자 대대적으로 사업을 시작하는구만요!"

김길우는 기운이 나는지 싱글벙글했다.

"우리 흑천상사 뒤에 공터가 넓으니끼니 거기에 차들을 놔두면 될 거임다."

"그렇게 하세요."

정필은 외제 중고차 장사를 해서 돈을 벌겠다는 목적이 아니라 그런 식으로 일을 벌여놓아 자신이 사업을 하러 중국 연길에 와 있다는 입지를 다져놓으려는 의도다.

두 사람은 공항 주차장에 주차해 놓은 레인지로버 앞에 도착했다.

김길우가 정필이 떠나는 것을 보고 가겠다는 것을 정필이 반대했다.

북경에서 연길은 차로 꼬박 이틀은 달려야 하기 때문에 일찍 출발하는 게 좋다.

"예정대로 오실 거임까?"

"네. 한국에서 할 일들이 많습니다."

김길우는 꾸벅 허리를 굽혔다.

"그럼 내년에 뵙갔슴다."

정필은 김길우와 굳은 악수를 했다.

정필은 한국에 갔다가 내년, 그러니까 1997년 1월 4일에 연길에 돌아갈 예정이다.

기우우웅—

"옴마야!"

비행기가 전속력으로 활주로를 질주하다가 하늘로 둥실 떠 오르자 은애가 비명을 질렀다.

창 쪽에 앉은 정필이 둥근 창밖을 내다보자 은애는 더욱 비명을 지르며 난리를 피웠다.

"옴마야! 저기 공항이 손바닥만큼 작게 보임다! 이거이 으찌나! 야아! 참말로 무섭슴다! 고조 다리가 후들후들 떨리고 심장이 벌렁거림다!"

생전 처음 비행기를 타보는 은애는 무섭다고 비명을 지르면서도 어린아이처럼 좋아했다.

"오라바이, 은애 출세했슴다. 비행기를 다 타보고… 야아! 이거이 굉장함다!"

정필은 빙그레 미소 지었다.

"그렇게 좋습니까?"

"네?"

그런데 정필 오른쪽에 앉은 젊은 아가씨가 깜짝 놀라 그를 쳐다보았다.

"저한테 말씀하신 건가요?"

정필이 은애에게 한 말을 옆의 아가씨가 오해를 했다.

"아… 아닙니다."

정필이 쳐다보면서 어색한 미소를 짓는 모습을 보고 아가씨는 얼굴을 붉혔다.

"안녕하세요. 저는 정다혜라고 해요."

"아… 네."

얼굴에 우유 가루를 바른 것처럼 희고 뽀얀, 그리고 속눈썹이 유난히 길어 보이는 정다혜라는 여자는 눈이 번쩍 떠질 정도로 미남인 정필을 보고는 먼저 자신을 소개하면서 적극적으로 나왔다.

정필이 입국 수속을 다 마치고 김포공항 청사를 나서니 밤 11시 30분이 넘은 시간이다.

"우야… 오라바이, 그 에미나이래 도대체 뭐임까?"

은애는 비행기 옆자리에 앉은 정다혜라는 여자가 정필에게 계속 말을 걸었던 것이 못내 불쾌했는지 아까부터 그 말만 하고 있다.

"어케 여자가 남자한테 먼저 말을 거는 검까? 기리고 자기 전화번호하고 이름을 막 적어주고서리… 야아~ 남조선 에미나이래 대단함다……! 남조선 에미나이들은 원래 글케 헐함까(쉽습니까)?"

정필은 이제 대한민국에 도착했으니까 앞으로 여기에 있는 며칠 동안 은애가 놀랄 일이 많을 것이라는 생각에 빙그레 미소만 지었다.

"오라바이도 싫지 않은 것 같더만요? 그 여자가 묻는 대로 꼬박꼬박 말대답하고 말임다."

정필은 공항 청사를 나와 택시 승강장이 어딘지 주위를 두리번거렸다.

바로 그때 정다혜가 뒤쫓아 나와 그의 옆으로 다가와 슬쩍 팔짱을 끼며 다정하게 말했다.

"주차장에 제 차가 있으니까 같이 타고 가요."

"아니, 괜찮습니다."

갸름한 얼굴에 생글생글 미소가 예쁘고 정장에 미니스커트가 잘 어울리는 정다혜는 팔짱을 낀 팔에 힘을 주어 정필을 길 건너로 끌었다.

"사양하지 말고 제 차로 가요."

"우야야! 이 에미나이 간댕이도 크네!"

정필이 정다혜를 뿌리치지 못하고 끌려가니까 은애가 뾰족하게 소리쳤다.

"오라바이! 지금 이 에미나이 따라가는 검까? 도대체 어카려고 그럼까?"

은애는 절대로 질투하지 않겠다고 정필에게 여러 번 맹세했었지만 막상 이런 상황에 직면하면 맹세 같은 건 까맣게 망각하는 모양이다.

탁!

정필은 횡단보도를 건너다가 중간에서 정다혜의 팔을 슬쩍 뿌리쳤다.

정필이 정다혜에게 따끔하게 무슨 말을 해주려는데 주차장 쪽에서 뜻밖에도 이진철이 이쪽으로 걸어오면서 미소 지으며 손을 들었다.

"정필 씨."

"이진철 씨."

정필은 12시가 다 돼가는 늦은 시간에 이진철이 김포공항에 있다는 사실 때문에 조금 놀랐다.

정필은 오늘 새벽 2시쯤에 서해 바다에 떠 있는 해양 경비함에서 이진철과 헤어졌으니까 만 하루가 지나기 전에 그를 다시 만난 것이다.

"어쩐 일입니까?"

정필은 이진철의 손을 잡고 악수를 하면서 물었다.

"정필 씨 마중 나온 겁니다."

"솔직하게 말해 보십시오."

정필은 그 정도 이유로 이진철이 밤늦게 여기까지 왔을 리가 없다고 생각했다.

이진철은 명랑하게 웃었다.

"하하! 과연 정필 씨는 예리하군요. 일단 갑시다. 가면서 얘기합시다."

이진철이 앞서 걸으며 주차장으로 가는데 뒤에서 정다혜가 쫄레쫄레 따라왔다.

그녀도 주차장에 가는 길일 테니까 정필이 일부러 알은척할 필요는 없다.

척!

"타시죠."

이진철이 93년형 소나타2의 뒷문을 열어주었다.

"앞에 타겠습니다."

척!

그런데 정필은 조수석 문을 열다가 정다혜가 방금 이진철이 열어준 뒷문으로 타는 걸 보고 살짝 얼굴색이 변했다.

탁!

그는 조수석에 타고 나서 운전석으로 타고 있는 이진철을 보며 쓸쓸하게 웃었다.

"저 사람, 안기부 요원이었습니까?"

정필은 정다혜가 같은 차에 타는 걸 보고 그녀의 신분을 직감했다.

이진철은 시동을 걸면서 고개를 끄떡였다.

"그렇습니다. 정필 씨 안전을 위해서 정다혜 씨가 경호한 것입니다."

정필은 어이없는 표정을 지었다.

"누가 누굴 경호한다는 겁니까?"

이진철은 그렇게 말할 줄 알았다는 듯 차를 몰면서 빙그레 미소 지었다.

"정다혜 씨는 무술 15단입니다."

태권도 몇 단, 유도 몇 단, 합기도 몇 단, 뭐, 그런 식으로 합쳐서 15단이라는 뜻일 게다. 정필의 입가에 가소롭다는 미소가 떠올랐다가 사라졌다.

"내 몸 정도는 스스로 지킬 수 있습니다."

"아무리 정필 씨라도 정다혜 씨하고 일대일로 붙으면 안 될 걸요?"

"나 참……."

"정필 씨, 한번 붙어볼까요?"

정필 바로 뒤에 앉은 정다혜가 생글생글 웃으면서 먼저 도발을 시작했다.

"나는 되도록 여자하고는 싸우지 않습… 어?"

그가 말하는데 갑자기 정다혜가 뒤에서 팔로 정필의 목을 기습적으로 감았다.

"빠져나와 보세요."

정다혜는 정필의 목을 조르지 않고 팔을 두르기만 한 자세에서 태연하게 말했다.

은애가 비명을 질렀다.

"옴마야! 뭐 이런 에미나이가 다 있슴까? 개두살이(드센 여자) 같슴다!"

척!

정필은 왼손으로 정다혜의 팔을 잡고 떼어내려고 힘을 주었지만 뜻밖에 꼼짝도 하지 않았다.

그의 손에 정다혜 팔뚝의 단단한 근육이 느껴졌다. 그것만 봐도 그녀가 운동으로 단련된 몸을 지녔다는 사실을 짐작할 수 있다.

"두 손을 써도 안 될 걸요?"

정다혜는 왼팔로 정필의 목을 감고 오른손으로 왼손을 틀어잡은 채 말했다.

아마 그녀는 정필이 절대로 빠져나가지 못할 거라고 확신하는 것 같았다.

정필은 정다혜의 팔을 왼손만으로 충분히 떼어낼 수 있다고 자신했는데 그게 생각한 것처럼 되지 않자 왼손을 거두고 오른손으로 그녀의 팔꿈치를 움켜잡고 엄지손가락으로 팔꿈치 옆의 팔등 쪽 급소를 지그시 세게 눌렀다.

"아악!"

순간 정다혜가 찢어지는 비명을 지르면서 급히 정필의 목에서 팔을 풀었다.

그러나 정필은 그녀의 손을 놓지 않고 여전히 팔꿈치 옆 급소를 엄지손가락으로 누른 채 차분하게 말했다.

"다시는 나한테 이런 짓 하지 마십시오. 알았습니까?"

"아아……."

"대답하십시오."

정다혜는 죽어가는 신음을 토했다.

"아아… 알았어요……."

슥―

그제야 정필이 놔주자 정다혜는 미친 듯이 팔을 문질렀다.

"아야야… 힘으로 해야지 이러는 법이 어디 있어요? 반칙이에요."

"적하고 목숨 걸고 싸우는 상황에서 반칙이 어디에 있습니까? 총이 있는데도 주먹으로 싸워야 합니까?"

"그건……."

이진철이 껄껄 웃었다.

"하하하! 정다혜 씨가 깨끗이 진 겁니다!"

그는 정필을 보며 엄지손가락을 치켜세웠다.

"과연 정필 씨답습니다. 장인어른께서 왜 그렇게 정필 씨 칭찬을 침이 마르도록 하는지 알겠습니다."

은애가 표독하게 종알거렸다.

"오라바이, 저 미친 망아지 같은 개두살이 에미나이 이참에 아예 저리 팔을 분질러 놓지 어째 봐줬슴까?"

정필은 담배를 하나 붙여서 물고 창을 반쯤 열었다.

"내가 입국하는 건 어떻게 알았습니까?"

"명색이 안기부인데 그 정도를 모르겠습니까? 혹시 몰라서 정다혜 씨 입국하는 길에 정필 씨를 호위하라고 상부에서 지시가 내려간 걸로 압니다."

이진철이 빙긋 미소 지었다.

"그런데 무슨 일입니까?"

이진철의 표정이 진지해졌다.

"국장님께서 정필 씨를 만나고 싶어 합니다."

"국장이라면……."

"나하고 장인어른께서 소속된 해외 공작실 예하 북한 수사국 국장님입니다."

"저도 거기 소속이에요."

아직도 팔을 쓰다듬고 있는 정다혜가 참견했다.

"무슨 이유입니까?"

"정확하게는 모르지만, 내 짐작으로는 정필 씨가 나를 구해준 일도 있었고 또 북한 민성환 씨가 갖고 있던 고급 정보를 찾아내서 넘겨주었으며, 많은 북한이탈주민을 돕고 있는 일 때문이 아닐까 합니다."

"강제적인 겁니까?"

"아닙니다. 정필 씨가 원하지 않으면 국장님을 만나지 않아도 됩니다."

정필이 재떨이에 담배를 끄려고 하는데 은애가 말렸다.

"오라바이, 조금 더 피우기요."

이제 은애는 골초가 됐다.

"이진철 씨가 나라면 어떻게 하겠습니까?"

"나라면 만날 겁니다."

"그럼 만납시다."

이진철은 빙그레 미소 지었다.

"잘 생각했습니다. 언제쯤이 좋겠습니까?"

"모레 아무 때나 상관없습니다."

"그럼 모레 아침 9시에 댁으로 사람을 보내겠습니다."

"알겠습니다."

이진철은 12시가 넘어서 그의 집이 있는 반포 경인아파트 106동 앞에 정필을 내려주고 정다혜와 함께 떠났다.

정필은 어제 새벽에 해양 경비함에서 할아버지와 가족을

만났을 때 오늘 집에 올 거라는 말을 하지 않았었다.

할아버지와 아버지는 할머니와 작은아버지 가족을 만난 일로 정신이 없어서 정필의 귀국에 대해서는 지나가는 말처럼 잠깐 물어봤었고 정필은 그저 조만간 귀국할 거라고만 말했었다.

그러니까 가족들은 그의 귀국을 전혀 모르고 있기 때문에 갑자기 그가 집에 들이닥치면 매우 놀랄 것이다.

그리고 할아버지 등은 할머니와 작은아버지 가족이 안기부에 들어가는 것을 보고 늦게 집에 돌아왔을 것이다.

"야아⋯ 여기가 오라바이 집임까? 연길에 있는 영실 언니 아파트보다 무지하게 큼다."

정필이 쳐다보고 있는 106동 아파트의 웅장한 모습을 보고 은애가 감탄을 터뜨렸다.

대한민국, 그것도 수도 서울에서도 부촌으로 꼽히는 반포의 고급 아파트는 중국 연길의 5층짜리 아파트하고는 규모 면에서 비교할 수가 없을 정도다.

"평수가 크기 때문입니다."

연길에서 줄곧 아파트 생활을 했었기 때문에 은애도 평수에 대한 개념이 조금 생겼다.

"몇 평임까?"

"60평입니다."

"우야야~ 영실 언니야 아파트 두 배 아임까?"

"그렇죠."

"거기에 몇이나 삽까?"

"나까지 다섯 식구입니다."

"우야아… 영실 언니 아파트에서는 20명 가까이 바글거리면서 살았는데… 야아~ 자본주의 부르조아는 영판 뭐이가 달라도 크게 다릅다."

정필은 현관으로 들어가서 엘리베이터 버튼을 눌렀다.

"이거이 뭡까?"

엘리베이터를 처음 보는 은애가 또 물었다.

"엘리베이터입니다."

"에르베… 고거이 뭡까?"

북한에서는 영어를 가르치지 않으니까 영어만 나오면 은애의 발음이 꼬였다.

정필은 엘리베이터에 타서 12층을 눌렀다.

우우웅…….

"우리 집은 12층인데 걸어서 올라가면 힘들고 오래 걸리잖습니까? 그렇지만 엘리베이터를 타면 수직으로 편하고 빠르게 올라갈 수 있습니다."

땡~

—12층입니다.

엘리베이터 문이 열리고 정필이 내리자 은애가 물었다.

"발써 다 온 거임까? 1분도 앙이 걸렸는데? 게다가 에르베가 말도 다 함다. 어디에 여자가 타고 있는 거임까?"

"하하! 여자는 없습니다."

정필은 난간 아래로 까마득한 주차장을 내려다보았다.

"옴마야……."

은애가 부르르 몸서리치는 것을 정필도 느꼈다.

딩동~

정필이 벨을 누르자 잠시 후에 도어폰으로 밖을 확인한 선희가 기겁해서 달려 나와 문을 열었다.

"꺄악! 오빠!"

레이스가 달린 얇은 원피스 잠옷 차림의 선희는 정필 목에 매달려서 난리를 피웠다.

"오빠! 나 놀래키려고 깜짝쇼 한 거야?"

정필이 현관문을 닫고 안으로 들어가자 선희가 그의 팔에 매달려 안으로 끌면서 소리쳤다.

"할아버지! 엄마! 아빠! 오빠 왔어요!"

거실에 모여 있던 할아버지와 부모님이 놀라서 달려 나오고 난리가 벌어졌다.

이제 몇 달만 기다리면 그토록 그리워하던 할머니와 작은 아버지 가족과 함께 살 수 있게 된 할아버지는 얼굴에서 웃음이 사라지지 않았으며 입만 열면 정필에게 애썼다고, 정말 장하다고, 칭찬이 그치지 않았다.

정필은 거실에서 가족들과 한 시간 정도 보내고 나서 자기 방으로 들어왔다.

차륵!

긴 커튼을 활짝 젖히니까 앞이 시원하게 탁 뚫리고 88올림픽대로 건너편에서 유유히 굽이쳐 흐르는 한강과 환하게 불이 밝혀진 반포대교, 강 건너 아파트 단지 등의 화려한 야경이 한눈에 펼쳐졌다.

"우야야……! 서울이라는 거이 참말로 굉장함다. 평양보다 훨씬 번화함다."

정필의 눈에 비친 서울의 야경에 은애는 감탄을 거듭했다.

"은애 씨는 평양에 가봤습니까?"

"아임다. 텔레비죤으로 자주 봤슴다."

그때 문이 열리고 선희가 생글생글 웃으면서 말했다.

"오빠, 할 얘기 있는데 피곤하면 내일 얘기할까?"

"그러자."

정필이 고개만 돌리고 대답하니까 선희가 쪼르르 들어와 뒤에서 그의 허리를 포근하게 안았다.

"오빠, 보고 싶었어. 오빠는 나 안 보고 싶었어?"

"보고 싶었다."

"흥! 하여튼 멋이라곤 없어."

"가서 자라. 나도 자야겠다."

선희가 정필을 조금 세게 안으면서 두 손으로 정필의 단단한 가슴을 쓰다듬었다.

"하나도 안 피곤해 보이는데?"

정필의 등에 선희의 유방이 물컹! 하고 눌리자 은애가 화들짝 놀랐다.

"옴마야!"

정필은 선희의 머리를 커다란 손으로 모자처럼 덮어씌워서 문으로 데려갔다.

"이제 잘 거야."

정필은 선희를 내보내고는 불을 끄고 옷을 훌훌 벗어 팬티만 입은 채 침대 속으로 들어갔다.

"은애 씨, 잘 자요."

정필은 똑바로 누워서 이불을 잘 덮었다.

"오라바이, 저 나가고 싶습다."

"답답합니까?"

"그기 아임다. 오라바이한테 포근하게 안기고 싶고 또 오라바이 만지고 싶습다. 오랫동안 오라바이 만지지 못해서리 좀이 쑤심다."

은애는 예전에 비해서 많이 용감해졌다. 그만큼 정필하고 허물없는 사이가 됐다는 뜻일 게다. 정필은 몸을 뒤집어 푸시업을 하여 은애를 몸에서 빼냈다.

은애는 정필의 팔베개를 하고 그의 품에 안겨서 창밖의 서울 야경을 그윽하게 바라보았다.

"오라바이, 제가 남조선 오라바이 방에 일케 같이 누워서리 서울 밤경치를 보다이 믿어지지 않슴다."

"나도 은애 씨하고 내 방에 나란히 누워 있다는 사실이 믿어지지 않습니다."

"오라바이, 저 소원이 두 개 있슴다."

"말해 봐요."

정필은 눈을 감았고 은애는 손을 뻗어서 정필의 뺨을 부드럽게 어루만졌다.

"첫 번째 소원은 제가 이렇게라도 평생 오라바이하고 같이 살고 싶다는 거임다."

은애가 정필의 입술을 만졌다.

"나는 무슨 일이 있어도 은애 씨하고 이렇게 같이 있을 겁니다."

"기리고 두 번째 소원은……."

"두 번째는 뭡니까?"

"오라바이가 은주하고 결혼하는 검다."

"……."

정필은 마음이 무거워서 아무 말도 하지 않았다.

은애는 상체를 세우고 정필을 내려다보았다.

"지난번에 오라바이는 아매한테 은주하고 결혼할 거이라고 약속하지 않이 했슴까?"

"그랬습니다."

정필은 착잡했다.

"그 약속 지켜야 함다."

정필이 정말로 사랑하는 사람은 은애다. 은애가 혼령이 아닌 정상적인 사람이라면 은애냐, 은주냐 고민할 필요도 없이 은애하고 결혼을 할 것이다.

하지만 현실은 그렇지가 않다. 은애하고는 결코 결혼하지 못한다.

그러므로 은애만큼은 아니지만 정필이 두 번째로 사랑하는 은주하고 결혼할 수밖에 없다. 그것이 은애의 간절한 소원이기 때문이다.

논리로 치면 간단하다. 그렇지만 사람의 감정이라는 것이 그렇게 간단하지가 않다.

"알겠습니다."

"착한 우리 오라바이……."

은애는 입술로 정필의 입술을 부드럽게 비비면서 상큼한 입김을 토해냈다.

정필은 은주하고 결혼하겠다는 자신을 착하다고 칭찬하는 은애의 속마음이 과연 어떨까 짐작하려다가 가슴이 짓이겨지는 것 같아서 그만두었다.

아무리 부정하려고 해도 이게 바로 현실이다. 정필이 사랑하고 있는 은애는 혼령이고 그녀와는 정상적으로는 맺어지지 못한다는 것이다.

세상 사람 어느 누구의 눈에도 보이지 않지만, 오로지 정필에게만 보이고 만져지며 느껴지는 은애다.

그러므로 은애는 정필에 의해서만 존재한다. 그가 없으면, 그가 외면하면 그 순간 은애는 혼령도 뭣도 아닌 아무것도 아닌 존재가 되는 것이다.

슥―

그런 생각을 하니까 은애가 너무도 불쌍해져서 정필은 그녀를 잡아서 자신의 몸 위에 올렸다.

"은애 씨."

"네?"

정필은 엎드려서 자신을 말끄러미 바라보고 있는 해맑은 은애를 보고는 할 말을 잃었다. 뭔가 따뜻한 위로를 해주고 싶었는데 워낙 말재주가 없는 그인지라 어설픈 위로마저도 생각이 나지 않았다.

"오라바이."

"네?"

"저는 괜찮습다."

그런데 오히려 은애가 정필을 위로했다. 그녀는 두 손으로 정필의 얼굴을 감싸고 부드럽게 입맞춤하면서 속삭였다.

"은애 씨……."

울컥하고 연민이 솟구친 정필은 은애의 입술과 혀를 빨면서 두 손으로 그녀의 여린 몸을 쓰다듬었다.

10여분 동안의 깊고 짙은 애무로 두 사람은 몹시 흥분한 상태가 되었다.

"은애 씨……."

"하아아… 오라바이……."

정필의 입과 두 손은 은애의 온몸을 쓰다듬으면서 애무하고 있으며, 은애는 정필처럼 적극적이진 않지만 그의 품에 꼭 안겨서 할딱거리며 은밀한 곳을 애무했다.

23살의 은애는 아직 남자 경험이 전혀 없지만 그렇다고 해서 흥분이나 쾌감을 느끼지 못하는 것은 아니다. 더구나 목숨처럼 사랑하고 있는 정필의 애무에 그녀의 흥분은 최고조에 달한 상태다.

"오라바이……."

옆에 누웠던 그녀는 정필의 몸 위에 찰싹 엎드리며 그의 얼굴에 뜨거운 숨결을 토해냈다.

"이자 해도 됩니다……. 저는 준비가 됐습다. 오라바이 여자가 되고 싶습다."

그렇게 말하면서 그녀는 정필을 맞이할 자세를 취했다.

"아아… 오라바이……."

아주 낯선 그러면서도 단단한 그 무엇이 은애의 어느 한 곳으로 미끄러지듯이 다가오자 두 사람의 흥분은 더욱 고조되었으며 한 몸이 되고 싶다는 열망 또한 증폭되었다.

아무것도 거칠 게 없다. 은애도 한 몸이 되기를 바라고 있으니까 정필이 그저 수긍하기만 하면 이 터질 것 같은 욕정을 해소할 수가 있는 것이다.

정필이 가만히 있으니까 그걸 긍정으로 받아들인 은애가 좀 더 적극적으로 행동했다.

그녀는 상체를 조금 일으켜서 엉덩이를 좌우로 조금씩 움직여서 준비를 마쳤다.

그러고는 정필을 굽어보면서 흥분으로 빨개진 얼굴로 뜨겁게 속삭였다.

"하아… 저는 오라바이 여자입다."

뜨거운 속삭임과 함께 의자에 앉듯이 정필의 하체에 살며시 걸터앉았다.

"아아……."

은애는 숨이 콱 막히는 듯한 거센 느낌에 온몸이 딱딱하게 경직되었다.

그런데 커다란 쇠꼬챙이로 깊게 찌르는 것처럼 몹시 아팠다. 이렇게 아플 줄은 몰랐다. 지독하게 아파서 흥분이 한순간에 씻은 듯이 달아나는 것 같았다.

휙!

"안 됩니다."

그때 갑자기 정필이 그녀의 몸을 잡아서 옆으로 쓰러뜨렸다.

"아아… 오라바이……."

욕정과 냉철한 이성 사이에서 갈등을 끝낸 정필은 은애의 가슴을 어루만지면서 거친 숨을 몰아쉬었다.

"나도 하고 싶습니다. 은애 씨를 내 여자로 만들고 싶습니다. 그렇지만 그랬다가 돌이킬 수 없는 결과가 생길까 봐 두렵습니다."

"제가 사라져 버리는 거이 말임까?"

"그렇습니다. 나한테 가장 두려운 건 바로 그겁니다. 그렇지만 나는 은애 씨하고 그것을 하는 것보다 은애 씨가 내 곁에 오래 머무르기를 원합니다."

"오라바이……."

은애는 감격해서 몸을 떨었다. 사실 그녀도 정필이 걱정하고 있는 것을 걱정하고 있다.

그녀가 흥분했다고 하지만 자신이 사라지게 되는 것까지 감수할 정도는 아니다.

그렇지만 정필이 몹시 흥분해서 그녀를 원하고 있기 때문에 그의 욕정을 풀어주려는 의도가 컸다.

은애는 정필의 품에 안겨 속삭였다.

"그럼 제가 오라바이 고통을 해결해 주갔슴다."

연길에서 한 번 경험이 있었던 은애는 지금 자신이 할 수 있는 최선의 방법을 선택했다.

"그게 좋겠습니다."

은애는 머뭇거렸다.

"그런데 말임다. 전에 오라바이가 말했던 거이… 그거 하갔슴다."

"뭐 말입니까?"

"페라… 뭐라고 하는 거이 말임다."

"괜찮습니다. 그냥 편한 대로 하세요."

"저는 그거이 편함다."

사실 정필의 옛날 고등학생 때와 대학생 때의 애인인 나연과 희주도 그에게 지금 은애가 해주겠다는 진한 애무는 해준 적이 없었다.

"아임다. 하갔슴다. 제 생각에는 말임다. 그러는 편이 정상적으로 관계를 하는 거이하고 아무래도 감촉이 비슷할 거 같습다. 기니끼니 하갔습다."

무식하면 용감하다는 옛날 말이 틀린 게 없다. 섹스에 대해서는 아무것도 모르는 은애는 정필에게만은 부끄러움마저도 없는 것 같다. 아니, 그를 너무나 사랑하기 때문에 뭐라도 다 해주고 싶은 마음이다.

정필이 뭐라고 할 새도 없이 은애가 얼굴을 아래로 하며 자세를 취했다.

정필의 팬티는 아까 서로 애무할 때 벗겨졌으며 이불은 침대 아래로 흘러내려 가 있다.

슥—

정필은 자신의 그것이 갑자기 화끈해지는 것을 느끼면서 은애의 하체를 붙잡았다.

"그럼 나도 하겠습니다."

"으음……."

저항하려고 했으나 은애는 이미 말을 하지 못하는 상태가 되었다.

그녀는 깜짝 놀랐으나 정필은 이미 그녀가 하고 있는 것과 똑같은 행동을 취하기 시작했다.

다음 날, 정필은 아침 일찍부터 여동생 선희와 함께 바쁘게 움직였다.

그 동안 선희가 구입해 놓은 외제 중고차가 7대뿐이라서 직접 장안평을 비롯한 몇 군데 중고차 매매 시장을 돌면서 연길에서 주문받은 유럽 쪽 외제 자동차나 마음에 드는 최상의 물건들을 구입했다.

그러고 나서 탈북자들을 위해서 세워두었던 계획을 실행에 옮겼다.

즉, 탈북자들이 안기부에서 조사와 소정의 교육을 끝내고 대한민국 국민이 되어 사회에 나오게 되면 그들이 할 만한 일거리와 살 곳을 마련해 두는 것이다.

물론 정부에서 탈북자들에게 살 집과 어느 정도의 정착금, 그리고 매달 얼마간의 생활비를 지원해 주지만, 살 집은 임대 주택이고 정착금과 지원받는 생활비는 세월이 흐르면 소비되고 끊어지게 마련이다.

탈북자들이 안기부에서 대한민국에 적응하기 위해 교육을 받는다고 해도 말 그대로 '소정의 교육'일 뿐이다.

딱 잘라서 말하면 전혀 경쟁력이나 자생력이 없는 사람들을 험난한 약육강식의 세계에 내던지는 것이다.

대한민국에서 태어나 제대로 교육을 받고 성장한 사람들도 취직이 어려워서 난리들인데 하물며 탈북자들은 오죽하겠는가.

그러므로 누군가 그들을 지속적으로 가르치면서 돌보지 않는다면 십중팔구 대한민국 사회에서 도태하고 말 것이다.

저녁에 정필은 가족들과 함께 오랜만에 외식을 했다.
"아버지, 의논드릴 것이 있습니다."
소고기를 숯불에 먹음직스럽게 구워 술을 곁들여 마시면서
화기애애한 분위기 속에서 정필이 맞은편의 최태연에게 넌지
시 운을 뗐다.
"말해봐라."
정필과 선희는 태어나서 이 날까지 손톱만큼도 속을 썩인
적이 없었다.
몸이 아픈 것은 자의가 아니라서 어쩔 수 없다는데 정필
남매는 커오면서 감기를 몇 번 걸렸을 정도지 심하게 아파서
부모와 할아버지를 고생시킨 일마저도 없었다.
그랬던 정필이 이번에 북한에서 할머니와 작은아버지 가족
을 데리고 나오는 것으로도 모자라서 30여 명의 탈북자까지
이끌고 왔다.
최문용에겐 아내이며 둘째아들과 며느리, 손자들이고, 최태
연에겐 동생이며 제수씨, 조카들인 그들을 해바라기처럼 그리
워하면서 살아온 세월이 장장 43년이었는데, 그 묵은 한과 희
망을 정필이 단번에 풀어주었다.
더구나 굶주리고 헐벗은 탈북자 30여명을 대한민국 자유의

품에 안기게 했으니, 이것은 최문용과 최태연의 기쁨을 넘어서 대한민국 정부로서도 크게 치하할 일이다.

그러므로 정필이 아버지 최태연에게 의논할 일이 있다고 하면 절대로 나쁜 일이 아닐 것이다.

정필은 지금껏 그래 왔으며 앞으로 죽을 때까지 가족을 실망시키는 일이 없을 것이다.

"회사에 일자리가 좀 있습니까?"

정필의 물음에 최태연은 짚이는 것이 있어서 되물었다.

"탈북자들 일자리를 말하는 거냐?"

"그렇습니다."

최태연은 정필 왼쪽에 앉은 부친에게 공손히 술을 따르면서 말했다.

"몇 개나 필요하니?"

"많을수록 좋습니다."

최태연은 진지한 표정을 지었다.

"얘기가 나와서 하는 말인데……."

정필은 아버지가 무슨 말을 하려는지 짐작했지만 잠자코 있었다.

그런데 여태까지 묵묵히 듣고만 있던 엄마 고성숙이 기다렸다는 듯이 참견을 했다.

"정필아, 너 탈북자 돕는 일 계속할 생각이니?"

정필은 전형적인 귀족풍의 도시 여성인 어머니 고성숙을 바라보며 미소 지었다.

"어머니, 제 본업에 충실하면서 위험하지 않은 범위 내에서 탈북자들을 돕는 일은 괜찮지 않겠습니까?"

현실에서 그는 탈북자들을 구하는 일이 본업이고 그것을 위장하기 위해서 사업을 하고 있지만 이 자리에서는 반대로 얘기를 하고 있다.

이것은 선의의 거짓말이다. 만약 솔직하게 말하면 부모님만이 아니라 할아버지와 선희까지도 결사반대하고 나설 것이 분명하기 때문이다.

방금 정필이 한 말은 아버지와 어머니의 궁금증과 걱정에 대한 대답으로 충분했다.

본업을 갖고 거기에 충실할 것이며, 그러는 틈틈이 위험하지 않은 범위 내에서 탈북자들을 돕는다는데 무슨 질문이 더 필요하겠는가. 부모님은 정필이 위험할까 봐 그것을 가장 걱정하고 있는 것이다.

이번에는 최태연이 물었다.

"중국에서 중고 자동차 사업을 계속할 거니?"

"네."

고성숙은 정필이 집을 떠나 중국에서 생활한다는 것 때문에 영 못마땅한 마음이지만 아들의 고집을 익히 알고 있기에 입을 다물었고, 최태연이 아직까지는 조금 염려하는 마음으로 질문을 이어갔다.

"전망은 어떠냐?"

"좋습니다."

정필은 원래 길게 설명하는 걸 싫어하고 부친 역시 그렇다.

최태연은 정필 옆에 앉아서 부지런히 고기를 먹고 있는 선희를 쳐다보았다.

"선희가 네 일을 잠시 돕는 게냐? 아니면 계속할 거니?"

"계속할 거예요, 아빠."

정필이 입을 열기 전에 선희가 불쑥 끼어들었다.

"이 사업은 전망이 무지 좋아요. 오빠하고 저는 여기에 비전이 있다고 봐요. 어쩌면 몇 년 안에 아빠 사업을 능가할지도 몰라요."

최태연은 자식들에게 엄한 편이 아니지만 특히 선희에겐 끝없이 자비로웠다.

어릴 때부터 모든 사람으로부터 인형처럼 예쁘고 똑똑하다는 칭찬을 받으면서 자란 선희는 아버지의 또 다른 자랑거리이기도 했다.

말하자면 최태연은 '딸 바보'라서 선희 말이라면 무조건 믿고 전적으로 밀어준다.

최태연은 정필을 보며 말했다.

"아까 그 얘기인데, 회사에서는 조만간 제2 공장을 하나 지을 계획이다."

정필은 탈북자들을 위해서 일자리가 필요하다는데 최태연은 제2 공장을 짓는다고 한다.

"하청을 주려면 기술까지 이전해 줘야 하기 때문에 곤란해서 아예 공장을 하나 더 지으려는 거야."

부친이 사장으로 있는 '연호정밀'은 정밀기계 부품을 자체적으로 연구, 개발, 생산하는 우량 중소기업이다.

북한에서 혈혈단신 월남한 할아버지 최문용이 최초로 자신의 판잣집 창고에 문을 연 소규모 가내공장에는 수동식 선반 기계 달랑 한 대뿐이었다.

그의 주업은 미제, 일제 자동차나 기계 등에 들어가는 부속품을 선반 기계로 깎아서 납품하는 일이었다.

이후 소규모 가내공장이 자동차 회사의 하청 회사로 성장했으며, 그것을 장남 최태연이 물려받아서 국가로부터 여러 번 표장장과 상도 받은 오늘날의 우량 중소기업으로 성장시킨 것이다.

"제2 공장이 완공되면 사람이 많이 필요할 게야. 그러면 탈북자들을 사내에서 교육을 시켜서 투입하도록 하자."

"알겠습니다. 고맙습니다, 아버지."

정필은 고개를 꾸벅 숙였다. 제2 공장이 준공되면 탈북자를 수백 명 취업시켜도 될 것이다.

어제 저녁에 가족들과 식사를 하면서 술을 마셨고, 이후 집에서 선희하고 중고차 사업과 탈북자 정착에 대해서 의논하는 과정에 또 맥주를 많이 마신 정필은 늦잠을 잤다.

평소에는 새벽 6시면 칼처럼 기상하는데 오늘은 8시가 돼서야 눈이 떠졌다.

"잘 잤습까?"

정필의 팔베개를 하고 옆에 누워 있는 은애가 상체를 일으켜 초롱초롱한 눈으로 그를 굽어보며 미소를 지었다.

"밤새 자지 않고 뭐 했습니까?"

은애는 정필 몸 밖에 나가 있으면 조금도 피로를 느끼지 않는다. 어젯밤에도 마찬가지여서 밤새 한숨도 자지 않았다.

"오라바이 바라보고 있었습다."

"밤새 나만 쳐다본 겁니까? 지겹지 않았습니까?"

은애는 수줍게 배시시 웃었다.

"저는 평생 오라바이만 바라보면서 살라고 해도 싫증나지 않을 자신 있습다."

정필은 빙그레 미소 지었다.

"나도 그렇습니다."

"참말임까?"

"참말입니다."

"오라바이는 저를 행복하게 만드는 데 선수임다."

은애는 정필에게 안기면서 뺨을 비볐다. 그러다가 정필의 크고 단단해진 그것이 다리에 닿자 손을 뻗어서 잡고는 호기심 어린 눈빛으로 말했다.

"오라바이, 커졌슴다. 또 빼드리갔슴다."

"아닙니다. 매일 하지 않아도 됩니다."

"그래도 이렇게 커졌는데……."

그때 문이 벌컥 열리고 트레이닝복 차림의 선희가 문밖에 서서 말했다.

"오빠, 손님 왔어."

"손님?"

정필은 선희 눈에는 은애가 보이지 않지만 그녀가 이불 속에서 꼼지락거리는 게 신경 쓰였다.

"정다혜라는 젊은 여자야."

선희가 문 안으로 상체를 디밀고 작게 속삭였다.

"그런데 예쁘진 않아."

그러자 거실 쪽에서 정다혜 목소리가 들렸다.

"에헴! 다 들립니다!"

이진철이 아침 9시에 사람을 보내겠다고 했는데 시계를 보니까 아직 8시다. 그리고 보내겠다는 사람이 정다혜일 줄은 몰랐다.

정필이 안기부에 간다고 하니까 최문용이 서둘러 따라나섰다. 아내 강옥화와 작은아들, 손자들을 한 번 더 만나보겠다는 것이다.

정다혜가 운전을 하고 뒷자리에 정필과 최문용이 탔다. 물론 은애는 정필의 몸속에 있다.

1961년 발족한 중앙정보부는 1980년 국가안전기획부로 명칭을 바꾸어 오늘에 이르고 있다.

원래 안기부는 남산 예장자락의 중앙정보부 건물을 이어받아서 사용했으나 올해 내곡동으로 이사를 했다.

"잠깐 기다리세요."

정다혜는 어느 건물 앞 벤치에 정필과 최문용이 앉아서 기다리게 하고 건물 안으로 들어갔다.

그녀는 들어간 지 10분쯤 지난 후에 강옥화와 최태호 가족을 이끌고 건물에서 나왔다.

그런데 그 뒤에 은주가 뒤따라서 나오고 있는 모습이 보였다. 그녀는 정필을 발견하자 어린아이처럼 소리치면서 마구 달려왔다.

"오라바이!"

정필과 최문용이 일어서서 마주 걸어가는데, 은주는 사람들을 지나쳐 제일 먼저 달려와 정필에게 와락 안겼다.

"오라바이! 보고 싶었습다!"

"은주야, 내도 보고 싶었다이. 오라바이, 은주 좀 안아주기요. 내래 은주 안고 싶습다."

은애가 반가워서 난리를 피웠다.

은주는 주위에 누가 있든지 상관하지 않고 그에게 안겨 종알거렸다.

"오라바이! 언제 남조선에 왔습까? 제가 보고 싶어서 온 거임까?"

"은주야."

정필은 할아버지와 가족이 있는 곳에서 이러는 것이 어색해서 그녀를 떼어냈다.

그렇지만 할아버지 최문용의 관심은 오로지 할머니 강옥화에게 있었다. 그는 강옥화의 손을 잡고 벤치에 앉았고 작은아버지 최태호와 숙모 선승연, 연희와 정토는 최문용에게 인사를 하고 나서 환하게 웃는 모습으로 정필하고도 인사를 나누었다.

벤치에 최문용과 강옥화, 최태호, 선승연이 나란히 앉았고, 연희와 정토는 서 있는 정필에게 다가왔다.

"형님, 이분 누굼까?"

은주가 정필에게 스스럼없이 안기는 것을 보고 연희와 정토는 그녀하고 정필의 관계가 몹시 궁금했다.

정필은 은주를 최문용 등 어른들에게 먼저 소개해야겠다고 생각해서 그녀를 벤치 앞으로 데리고 갔다.

"할아버지, 할머니, 소개시켜 드릴 사람이 있습니다."

"어… 뉘기냐?"

최문용은 평소에는 잘 사용하지 않는 함북 사투리로 미소를 지으면서 물었다.

정필이 쳐다보자 은주는 긴장한 듯 쭈뼛거리다가 꾸벅 허리를 굽혔다.

"안녕하심까. 함북 무산에서 온 조은주임다."

"오오… 아가씨가 바로 그 은애로구먼"

최문용이 반색하며 환한 미소를 지었다. 그는 밥만 먹으면 기절하는 정필을 두만강으로 부른 은애가 눈앞의 아가씨인 줄 착각했다.

"할아버지, 이 아가씨는 은애 씨 동생 은주에요."

"웅? 은애가 아니라고?"

"네. 은주 언니 은애 씨가 회령에 할머니하고 작은아버지가 살고 계신다고 알아냈어요."

"오… 그랬었지!"

정필은 처음에 청강호에게 시킨 일에 대한 결과, 즉 할머니가 돌아가셨다는 소식을 전화 통화로 최문용에게 알려주었고, 그때 그는 절망에 빠졌었다.

그리고 이후 은애가 알아낸 할머니가 살아계시며 작은아버지 가족과 함께 살고 있다는 내용을 다시 전해주었을 때 할아버지는 뛸 듯이 기뻐했었다.

"그러면 은애라는 아가씨는 어디에 있느냐?"

"아직 중국에 있습니다."

"그래?"

은주는 최문용 옆에 찰싹 붙어 앉아서 친근하게 팔짱을 끼고 예쁘게 조잘거렸다.

"할아버지, 앞으로 자주 뵐 거임다."

"그런가요?"

"저는 정필 오라바이하고 결혼할 검다. 그러면 저는 할아버지의 손자며느리가 되는 검다."

"어엉?"

최문용은 무슨 말이냐는 듯 정필을 쳐다보았다.

"정필아, 이게 무슨 소리냐?"

정필이 빙그레 미소 지었다.

"나중에 은주 데리고 집에 인사드리러 갈 겁니다."

"어… 그래라."

최문용은 물론이고 강옥화와 최태호, 연희와 정토까지 은주가 정필하고 결혼한다니까 놀라서 모여들어 그녀를 살펴보고 또 이것저것 묻느라 작은 소란을 피웠다.

정필이 정다혜를 따라서 북한수사국장을 만나러 가는 길에 은애는 겁에 질려서 계속 종알거렸다.

"오라바이, 그냥 일케 맥놓고 따라가도 괜찮은 검까? 오라바이는 무섭지 않습까?"

북한에서는 안기부를 지옥보다 더 끔찍한 곳이라고 가르치기 때문에 정필이 아무리 그게 아니라고 설명해도 은애 머리에 각인된 고정관념을 바꾸는 것은 어려웠다.

잠시 후 정필은 정다혜의 안내로 제5 별관에 있는 해외 공작실 예하 북한수사국에 도착했다.

똑똑똑…….

"정다혜입니다."

정다혜가 문을 두드리면서 말하며 문손잡이를 잡는데 갑자기 문이 벌컥 열렸다.

"아!"

문을 열고 나온 사람은 40대 후반에 머리가 반쯤 벗겨진 북한수사국장 박중기였다.

"국장님……!"

"이 사람이 최정필 씨인가?"

"그렇습니다."

"따라오게."

박중기는 최정필에게 잠깐 시선을 주고 목례를 하고는 복도를 빠른 걸음으로 걸어갔다.

정다혜는 급한 나머지 말보다는 행동이 앞서 정필의 팔을 잡고 뛰듯이 박중기를 뒤따르며 물었다.

"무슨 일입니까?"

"보스가 저 사람을 보자고 하신다."

"보스라면… 실장님 말입니까?"

박중기는 뒤돌아보지도 않고 제5 별관을 뛰듯이 나서며 꾸짖었다.

"자넨 보스가 누군지도 모르나?"

"설마……."

정다혜는 너무 놀라서 자신도 모르게 우뚝 걸음을 멈추었다.

정다혜의 예상이 맞았다. 박중기가 정필과 정다혜를 데리고 간 곳은 본관 5층 안기부장실이었다.

"어서 오시오! 최정필 씨!"

여비서의 안내를 받아 내실로 들어서는 정필 일행을 향해 금테 안경을 쓴 50대 후반의 정장 신사가 환하게 미소를 지으면서 다가왔다.

정필은 마주 걸어오면서 두 손을 내밀고 있는 초로의 신사를 바라보았다.

정필이 신문지상이나 TV 화면을 통해서 여러 차례 본 적이 있는 낯익은 얼굴이었다.

권영운. 1937년 경북 경주 태생. 육사를 졸업하여 줄곧 육군에서 잔뼈가 굵은 정통 군인이다.

그러나 정필의 뇌리에 권영운이라는 인물이 깊게 각인된 이유는 정필이 특전사 생활을 하고 있을 때 권영운이 바로 국방부 장관이었기 때문이다.

권영운은 육군 소장으로 예편하여 국방부 차관과 장관. 한국야구위원회(KBO) 총재를 거쳐 1994년 국가안전기획부장에 발탁되었다.

권영운은 정필의 손을 잡고 가볍게 흔들었다.

"권영운이오."

"최정필입니다."

정필이 고개를 숙여 인사하자 권영운은 소파로 안내했다.

"앉읍시다."

정필은 조금 긴장했다. 상대가 대통령이라면 이보다 덜 긴장하겠지만 뼛속까지 군인이었던 정필에게 얼마 전까지 국방장관이었던 권영운은 남다른 존재이기 때문이다.

정필은 설마 안기부장을 직접 만나게 될 줄은 조금도 예상하지 못했었다.

북한수사국장 박중기나 정다혜가 당황하고 있는 것으로 봐서는 그들도 사전에 알지 못했던 것 같았다.

권영운은 긴장해서 뻣뻣하게 서 있는 박중기와 정다혜에게도 자리를 권했다.

"당신들도 앉으세요."

"아… 네."

두 사람에게 안기부장은 하늘같은 존재다.

정필이 예상했던 대로 안기부장 권영운은 정필이 북한 보위요원에게 납치된 이진철을 구해주고 또 37명의 탈북자를 해상으로 이끌고 와서 대한민국 해양 경비 함정에 인계한 것과 북한 청진시 태평무역회사 사장 겸 총정치국 대좌인 민성환이 갖고 있던 극비 정보가 담긴 플로피디스크들을 넘겨준 것에 대해서 크게 치하했다.

제대로 하자면 정부가 정필에게 표창이라도 하고 큰 혜택이라도 줘야 하지만 그가 한 일들이 하나 같이 북한에 대한 것들이고 또 극비로 다루어야 하는 일이기 때문에 표면적으로 드러내지 못하는 것이다.

"최정필 씨."

"네."

여비서가 커피를 타왔지만 박중기와 정다혜는 마실 생각도 하지 못한 채 뻣뻣하게 앉아 있기만 했다.

하지만 정필은 음미하듯이 커피를 마시면서 일방적으로 말하는 권영운과의 대화를 이어갔다.

처음에는 조금 긴장했었지만 시간이 흐르면서 빠르게 평정을 되찾았다. 그의 대담한 천성이 이런 자리에서 빛을 발하고 있다.

"국가안전기획부에 들어오시오."

"……."

정필은 전혀 예상하지 않았던 말이라서 커피를 마시다가 뚝 멈추고 권영운을 쳐다보았다.

밑도 끝도 없이 정필더러 안기부에 들어오라니, 권영운의 의도를 짐작할 수가 없다.

"옴마야… 이 사람 지금 무시기 소리를 하는 거임메?"

은애가 자지러지는 비명을 질렀다. 그녀에게는 아직까지도 안기부는 염라전(閻羅殿) 같은 곳이다. 그런데 정필더러 염라전에 들어오라니 은애가 기절할 것 같은 반응을 했다.

정다혜와 박중기도 놀랐는지 뻣뻣하게 경직됐던 몸이 똑같이 움찔 떨렸다.

권영운의 표정은 진지했다. 그는 박중기와 정다혜를 한 번 보고 나서 상체를 정필에게 조금 숙였다.

"대공정책 팀 10단 요원이 돼주시오."

"앗!"

정필은 가만히 있는데 듣고 있던 정다혜가 소스라치게 놀라서 저도 모르게 비명을 질렀다.

'대공정책 팀 10단'이 뭔지는 모르지만 그 말이 그녀를 자지러지게 만든 것이다.

그녀만이 아니라 박중기도 뒤통수를 얻어맞은 것 같은 표정을 짓고 있었다.

하지만 정필은 '대공정책 팀 10단'이라는 말을 이 자리에서 처음 들어본다.

원래 안기부에 대해서 큰 관심이 없기도 했었고, '대공정책 팀 10단'이라는 명칭에서 왠지 어두우면서도 비밀스러운 냄새가 풍겨서 평소 안기부에 관심이 있는 사람이라고 해도 그 부서에 대해서는 모를 것 같다는 생각이 들었다.

"죄송합니다."

정다혜는 비명을 지르고 나서 당황하여 급히 두 손으로 입을 가리면서 고개를 숙였지만 권영운은 개의치 않고 말을 이었다.

"북한에 이른바 고난의 행군이 시작되고 나서 지금까지 중국으로 탈북한 북한 주민이 몇 명이나 되는지 알고 있소?"

"모르겠습니다."

"3만 명이오."

"3만 명……."

정필은 놀랐다. 아니, 놀란 정도가 아니라 기가 막혔다. 그는 탈북자가 수천 명은 될 거라고 나름대로 짐작했었고 그것도 많은 수라고 생각했었다.

그런데 일 년 조금 넘는 동안 무려 3만 명이나 탈북하다니, 상상을 초월하는 수다.

그렇지만 안기부에서 하는 말이니까 정확한 수일 것이다. 그런데 그 3만 명 중에서 정필은 고작 37명만을 구했다. 너무 부끄러워서 나는 탈북자들을 돕는 일을 한다고 누구한테 말도 꺼내지 못할 일이다.

권영운의 목소리가 침통하게 변했다.

"이 정보는 중국 정보국에서 조사한 자료니까 정확하지는 않더라도 대충 맞을 것이오. 그리고 탈북자 3만 명 중에서 지금까지 여러 루트를 통해서 대한민국에 입국한 사람은 700명에 불과하오."

"그렇다면 나머지는……."

"15,000명 정도가 인신매매에 의해서 중국 방방곡곡으로 팔려나갔으며 나머지 19,000여 명은 중국 각지를 떠돌고 있을 거라고 하오."

"떠돈다는 것은 무슨 뜻입니까?"

"음지(陰地)에서 일하고 있다는 뜻이오."

"음지……."

"사창가, 술집 등에서 일하는 윤락녀가 되거나 열악한 환경의 공장이나 농장 같은 곳에서 중국인들에게 착취를 당하는 것이오."

"으음……."

"더 중요한 사실은."

권영운은 가라앉은 목소리로 잠시 말을 끊었다가 식은 커피를 다 마시고 나서 말을 이었다.

"대한민국 정부가 탈북자들을 위해서 해줄 수 있는 일이 아무것도 없다는 것이오."

정필이 착잡하게 고개를 끄떡이자 권영운은 테이블에 있는 상아로 만든 고급스러운 담배 케이스에서 담배를 꺼내 정필에게 내밀고 자신도 한 개비 입에 물더니 탁상용 라이터를 켜서 정필에게 내밀었다.

정필은 대각선으로 앉은 정다혜가 정필을 보면서 담배를 피우지 말고 사양하라는 뜻으로 고개를 절레절레 가로젓는 것을 힐끗 봤지만 개의치 않고 권영운이 켜주는 라이터에 담뱃불을 붙였다.

"대한민국이 중국하고 1994년에 국교를 맺었지만 어디까지나 중국은 공산주의고 북한도 공산주의요. 자본주의인 대한민국하고는 근본적으로 다른 체제요. 6.25 때도 우리가 압록강까지 다 밀고 올라갔었는데 막판에 중공군이 인해전술로 밀고 내려오지 않았소? 그때 중공군만 아니었어도 통일이 되는 거였는데 말이오."

13살 때 6.25전쟁을 겪은 권영운은 아쉽다는 듯 얼굴을 찌푸리며 담배 연기를 길게 내뿜었다.

"중국은 무슨 일이 있어도 북한을 버리지 않을 것이오. 중국에게 있어서 북한은 외투 같은 존재요. 외투가 벗겨지면 추위를 견디지 못할 거요. 그러니까 중국은 앞으로도 탈북자들을 난민으로 인정하지 않을 것이고, 중국 내의 탈북자들을 잡아서 북한으로 보내는 이른바 북송 작업을 계속할 거라는 얘기요. 그러니까 대한민국 정부가 중국 땅에서 탈북자들을 위해서 할 일은 없는 것이오. 만약 우리가 그런 일을 하다가 중국에 발각된다면 심각한 결과를 낳게 될 것이오."

머리가 좋은 정필은 결론적으로 말했다.

"그렇지만 안기부 대공정책 팀 10단은 뭔가 일을 추진할 수 있다는 겁니까?"

권영운은 정필의 예리한 지적에 감탄하는 표정을 지으면서 고개를 끄떡였다.

"그렇소. 사람들에게는 전혀 알려져 있지 않지만 안기부에는 대공정책 팀 10단이라는 게 있소. 우리는 '대공10단'이라고 부르는데 최정필 씨가 거기 일원이 돼달라는 것이오."

"그러면 뭘 할 수 있습니까?"

"최정필 씨가 하고 싶은 일은 무엇이든 할 수 있소. 그리고 당신이 하는 일에 정부가 무제한의 지원을 하게 될 것이고 '살인 면허'를 받게 될 것이오."

정필의 안색이 변했다. '무제한의 지원'도 놀랍지만 '살인 면허'라는 말은 소름마저 끼치게 만들었다.

007영화에서 주인공 제임스 본드가 영국정보기관 M5로부터 '살인 면허'를 받았다는 것은 알지만 그건 어디까지나 영화에서의 일이다.

"대공10단은 존재하면서도 존재하지 않는 부서요. 대한민국 정부로부터 전폭적인 지원을 받지만 만약 해외에서 대공10단으로 인해서 돌이킬 수 없는 문제가 발생한다면 대한민국 정부는 그들의 존재를 전면 부인할 것이오. 하지만 돌이킬 수 없는 상황이 초래되기 전까지 정부는 최선과 전력을 모두 기울일 것이오."

권영운은 정필이 가볍게 고개를 끄떡이는 걸 보고 말을 이었다.

"우린 최정필 씨가 앞으로도 계속 탈북자들을 도울 것이라는 사실을 알고 있소. 그렇지만 혼자 행동하는 데에는 한계가 있소. 만약 안기부의 정보와 지원을 받는다면 더욱 안전하게, 그리고 지금까지보다 더 많은 탈북자를 구할 수 있을 것이오."

정필은 쓸쓸한 표정을 지었다.

"그렇지만 모든 탈북자를 구할 수는 없습니다."

"물론 그럴 수는 없소. 또 그렇게 해서도 안 되오."

만약 대한민국의 안기부가 탈북자들을 돕는다는 사실이 중국에 알려진다면 큰 문제가 발생할 것이다.

안기부가 탈북자 전원을 구한다면 그보다 좋은 일이 없겠지만 그런 기적이 일어날 리가 없다. 설사 그렇다고 해도 중국이 그걸 모를 리가 없다. 꼬리가 길면 밟히고 덩치가 커지면 발각될 수밖에 없다.

"우린 정필 씨 개인이 여태까지처럼 연길시의 장중환 목사하고 협력해서 일을 계속하되 좀 더 많은 탈북자를 대한민국으로 데려오기를 원하오."

정필은 그렇게 해봐야 전체 탈북자의 1%에도 미치지 못하는 수라고 생각했다.

"그렇다면 대공10단이 탈북자들을 위해서 현재 활동하고 있습니까?"

"아직 아니오. 최정필 씨가 들어온다면 최정필 씨를 중심으로 새로운 팀을 꾸리게 될 것이오."

정필은 담배를 껐다. 담뱃불이 꺼지면서 '대공10단'에 대한 그의 호기심도 꺼졌다.

"사양하겠습니다."

그는 구구하게 변명도 하지 않고 딱 잘라서 짧게 말했다.

정필이 쌍수를 들고 좋아할 줄 알았던 정다혜와 박중기는
믿어지지 않는다는 표정으로 그를 쳐다보았다.

더구나 서슬이 시퍼런 안기부장 앞에서 얼굴색도 변하지 않
고 단칼에 거절해 버리다니, 그것이 배짱인지 객기인지 분간
이 되지 않았다.

권영운은 가볍게 표정이 변하더니 고개를 끄떡였다.

"상관없소."

"무슨 말씀입니까?"

"내가 최정필 씨에게 '대공10단'에 들어오라고 한 말은 권유
가 아니라 통보하는 것이오."

"통… 보라뇨?"

"대한민국 남자라면 누구나 군대에 가는 것처럼, 대한민국
정부는 최정필 씨를 징발(徵發)한 것이오."

정필은 이맛살을 찌푸렸다.

"저는 군대에 갔다가 왔습니다."

그의 어깃장은 권영운에게 먹혀들지 않았다. 그는 한 장의
종이를 정필 앞에 내밀었다.

"대한민국은 국익을 위해서 최정필 씨를 징발법 제24조, 대

통령령에 의한 특별조치법에 의해서 징발한다, 라고 여기에 적혀 있소."

그 종이는 대한민국 정부가 정필을 징발한다는 서류였다.

"……."

권영운은 서류를 가리켰다.

"이 일은 대통령께서 직접 지시하고 허락하신 것이오."

"……."

"그만큼 대통령께선 탈북자들에 대해서 관심이 크시고 또 최정필 씨의 능력을 높이 평가하신 것이오."

정필은 설마 자신에 대해서 대통령이 이런 명령을 내렸을 줄은 꿈에도 몰랐었다.

"제가… 거부할 수 없는 겁니까?"

"거부할 수 있소."

그런데 권영운의 대답은 뜻밖이다.

"아무나 대공10단 요원이 되는 것이 아니오. 그리고 대공10단은 되고 싶다고 되는 것도 아니오. 국가가 선택해야지만 비로소 대공10단 요원이 될 수 있소. 그리고 지금껏 대공10단 제안을 거부한 사람은 한 명도 없었소."

"저는 거부하겠습니다."

권영운은 고개를 끄떡였다.

"알겠소."

"더 할 말이 없으시면 이만 물러가겠습니다."

정필이 일어나려고 하자 권영운이 슬쩍 손을 들었다.

"아! 하나 더 있소."

그는 옆에 놓여 있는 서류를 들고 마치 낭독하는 것처럼 말했다.

"최정필 씨가 넘겨준 방코델타아시아의 비밀 계좌에 들어 있는 돈 말이오."

혜주 엄마 한유선이 정필에게 주었던 김정일의 비자금을 말하는 것이다.

"음… 우리가 방코델타아시아은행에 확인해 본 결과, 그 비밀 계좌에 25억이 들어 있었소. 당장에라도 전액을 인출 가능한 금액으로 말이오."

"네."

정필은 마카오의 방코델타아시아은행 비밀 계좌의 돈에 대해서는 욕심이 없었기 때문에 별로 신경을 쓰지 않았었다. 그런데 25억이라면 북한 정부의 비자금치고는 적은 액수라고 할 수 있다.

그렇지만 실망도 뭣도 하지 않았다. 애초부터 거기에는 관심이 없었기 때문이다.

권영운이 무심하게 툭 던지듯 덧붙였다.

"달러로 말이오."

"……."

정필은 너무 놀라서 말을 잃었다. 25억 원이 아니라 25억 달러라는 것이다. 도대체 그게 한화로 환산하면 얼마쯤일지 감이 오지 않았다.

"에, 또… 그러니까 한화로 치면 2조 8,500억 원이라고 여기 적혀 있군요."

슥—

권영운은 금색의 작은 상자를 정필 앞에 내밀었다.

"이건 최정필 씨 것이니까 도로 가져가시오."

정필은 낯익은 금색 상자를 쳐다보았다. 그것은 연길 김길우네 집에서 한유선이 정필에게 주었던 마카오 방코델타아시아은행 비밀 금고의 열쇠다. 정필은 권영운을 쳐다보며 의아한 표정을 지었다.

"무슨 뜻입니까?"

"대한민국 헌법에 의하면 그 돈은 정필 씨 것이오."

김낙현이 말한 대로다. 그는 북한에서 흘러나온 것이라면 그것이 아무리 큰 거액이라고 해도 최초 습득자의 소유가 될 것이라고 말했었다.

정다혜와 박중기는 너무 놀라서 벌린 입을 다물지 못한 채 정필을 바라보고 있었다.

권영운이 다분히 엄숙한 얼굴로 말했다.

"최정필 씨가 그 돈으로 무엇을 하든 자유요. 그리고 그 돈에 대해서는 대한민국 정부가 어떤 형태로든 간섭도 하지 않을 것이고 또 세금도 물리지 않을 것이오."

정다혜가 반포 집에 승용차로 태워주고 돌아갈 때까지 정필은 입을 굳게 다물고 별다른 말을 하지 않았다.

할머니 강옥화와 최태호 등을 만난 덕분에 기분이 한껏 좋아진 할아버지 최문용이 차 안에서 유쾌하게 웃으며 이런저런 얘기들을 했지만 '대공10단' 때문에 신경이 쓰인 정필은 건성으로 맞장구를 칠 뿐이었다.

그런 정필을 최문용이 이상하게 보는 건 당연했다.

"정필아, 안기부에 갔던 일이 잘못됐니?"

정필은 엘리베이터에 타면서 대답했다.

"아… 별일 아니에요."

제33장
개두살이

1997년 1월 4일 이른 아침, 정필이 탄 대형 페리가 중국 대련에 도착했다.

"터터우!"

연길에서 달려와 어젯밤에 대련에 도착하여 기다리고 있던 김길우가 반갑게 정필을 마중했다.

13일 만에 정필을 다시 만나는 것인데도 김길우는 마치 몇 년 동안 헤어져 있었던 것처럼 반가워서 어쩔 줄 모르는 모습이 어린아이 같았다.

"터터우가 마누라보다 더 반갑슴다!"

"그렇다고 나한테 집안 살림 같은 것 시키지 마십시오."

"아이고! 그럴 리가 있겠습니까?"

김길우가 미리 대기시킨 사람들, 즉 일꾼들이 페리에 몇 번 오르락내리락하면서 정필이 직접 가져온 외제 중고차 24대를 30분 만에 모두 몰고 나왔다.

"야아! 굉장하다!"

김길우는 일렬로 늘어선 6대의 차량 운반 트럭에 실려 있는 중고 외제 승용차들을 보면서 감탄을 터뜨렸다.

"갑시다."

"알갔슴다!"

김길우는 힘차게 대답하고 차량 운반 트럭들 맨 앞에 있는 레인지로버 운전석에 올라탔다.

조수석의 정필이 시트를 뒤로 젖히고 두 다리를 포개서 뻗어 대시보드 위에 얹자 은애가 중얼거렸다.

"오라바이, 우리 다시 중국에 왔군요."

정필이 두 손을 머리 뒤로 돌려서 깍지를 끼는데 은애가 느긋하게 주문했다.

"오라바이, 담배 한 대 피우자요."

정필은 주머니에서 부스럭거리며 담배 2개비를 꺼내 입에 물고 불을 붙이고는 한 개비를 운전하는 김길우에게 건네주었다.

"야아… 오마샤리프임까? 이거이 오랜만에 피워봅다."

"그동안 별일 없었습니까?"

"터터우께서 안 계시니끼니 별일이야 있갔습까?"

김길우는 창문을 열고 담배 연기를 뿜어냈다.

"오늘 경미가 서울에 갔습다. 그리고 이틀 전에 베드로의 집에서 12명이 남쪽으로 떠났습다."

예전에 연길 평화의원 강명도의 딸 경미는 정필이 대한민국에 갈 때 같이 데려가 달라고 부탁을 했었다. 연변과학기술대학교 간호사 자격증이 있는 그녀는 대한민국에서 병원에 취직하여 꿈을 펼치겠다는 희망을 품고 있었다.

한국에 있는 동안 경미에 대해서 미리 연락을 받았던 정필은 선희에게 김포공항에 나가서 경미를 픽업하여 당분간 반포 집에서 묵게 하며 그녀가 취직을 할 수 있도록 이것저것 도와주라고 당부를 해놓았다.

"베트남 루트입니까?"

그는 경미보다는 베드로의 집에서 남쪽으로 떠났다는 탈북자 12명에 대해서 더 관심이 쏠렸다.

"그렇습다."

정필이 흑천호로 서해 바다를 통해서 대한민국에 갈 때 베드로의 집에 있는 많은 탈북자가 같이 가기를 원했지만 승선정

원 때문에 그러지 못한 게 아쉬웠었다. 그랬더라면 그들 12명은 지금쯤 대한민국 안기부에서 조사와 교육을 받고 있을 것이다.

그런데 결국 그들은 이틀 전에 중국 최남단을 향해 길을 떠났다는 것이다.

"가셨던 일은 어케 됐슴까?"

정필은 김길우가 부인 이연화와 준태를 궁금해하는 것이라고 짐작했다.

"어제 안기부에 갔을 때 형수님과 준태를 봤습니다."

정필은 서울에 있는 동안 거의 이틀에 한 번 꼴로 안기부에 가서 자신이 데리고 온 탈북자들을 만났었다.

그러다가 한 번은 안기부의 허락을 받아 관광버스를 한 대 대절해서 37명의 탈북자를 모두 태우고 서울 나들이를 시켜주기도 했었다.

"안기부 내에는 따로 탈북자들을 위해서 숙소를 마련했는데 감방 같은 곳이 아니라 웬만한 여관보다 좋은 시설이라서 다들 만족하는 눈치였습니다. 식사도 잘 나오고 안기부 내에서는 활동도 자유롭습니다."

"네에……."

"형수님은 길우 씨 보고 싶은 거 참는 게 제일 힘들다면서 나를 붙잡고 우셨습니다."

"그 마누라 그거이 못 참고서리……."

김길우는 입으로는 그렇게 말하면서도 미소를 지으면서 금세 눈시울이 붉어졌다.

"오라바이, 준태 걷는 거 말하기요."

정필이 잊고 있는 것 같아서 은애가 참견을 했다.

"아! 준태가 걸었습니다."

김길우가 반색을 했다.

"고거이 참말임까?"

"준태 걷는 모습 내가 직접 찍어왔으니까 나중에 보세요."

"야아… 아직 돌이 되려면 한 달이나 남았는데 고놈이 벌써 걷다이 대단하지 않습까?"

"나중에 크게 될 녀석입니다."

"하하하! 그렇습니까? 아하하하!"

김길우는 너무 좋아서 연신 웃음을 그치지 못했다. 아빠에게 최고의 소식은 역시 자식에 대한 것이다.

은애가 조용히 중얼거렸다.

"저도 오라바이 아기 낳으면 오라바이도 저리 좋아하지 앙이 하겠습까?"

정필이 흑천상사에 도착하여 이 층의 집으로 올라가니까 영실이 걸레로 바닥 청소를 하고 있다가 그를 발견하고 비명을 지르며 달려왔다.

"정필 씨!"

그녀는 점프를 하듯이 와락 달려들어 두 팔로 정필의 목을 감고 매달렸다.

키가 157㎝인 그녀가 정필 목에 매달리자 두 다리가 바닥에서 떨어져 허공에 대롱거렸다.

"누님."

정필은 그녀가 떨어지지 않도록 두 손으로 궁둥이를 받쳐 주었다.

"정필 씨, 어케 이제야 온 거이야? 내래 정필 씨 보고 싶어서 숨이 끊어지는 줄 알았구마이!"

정필은 서울에 있으면서도 연길에 각각 혼자 남겨둔 영실과 김길우가 걱정이 되고 또 보고 싶기도 했었는데 이렇게 만나니까 마음이 편해졌다.

평범한 사람들은 죽을 때까지 한 번도 겪지 못할 우여곡절을 영실과 김길우하고는 다반사로 치렀으니 정필에게 이들은 또 다른 의미의 가족인 셈이다.

정필 몸속의 은애는 정필의 두 팔을 빌어서 영실을 꼭 안고 나직이 속삭였다.

"영실 언니, 내도 보고 싶었슴다."

그날 밤, 김길우네 집 거실에 여러 사람이 모였다.

정필을 비롯하여 김길우와 서동원, 김낙현, 청강호, 그리고 영실이 큰 상 주위에 둘러앉았다.

상에는 영실이 솜씨를 발휘하여 차린 북한식 음식과 술이 가득 차려져 있다.

"정필 씨, 이번에 애 많이 잡쌌소. 데리고 간 사람들 무사히 안기부에 들어갔다는 거이 길우 씨한테 들었소. 정필 씨가 정말 대단한 일을 했소. 내 술 한 잔 받으시오."

청강호가 정필의 잔에 술을 철철 넘치게 따랐다.

"여기에 계신 여러분들 아니었으면 어림도 없는 일이었습니다. 정말 감사합니다."

정필은 고개를 꾸벅 숙이고는 술을 단숨에 비우고 청강호에게 잔을 내밀었다.

"술 한 잔 올리겠습니다."

청강호는 손사래를 치면서 김낙현을 가리켰다.

"무시기 소리를 그리 함메? 여기 나보다 더 연장자가 계시지 않소? 더구나 김 선생님이 나보다 훨씬 더 큰일을 많이 하셨소."

정필은 청강호를 내 식구라 여기고 김낙현의 허락을 받아 두 사람을 인사시켜 주었다.

정필은 김낙현과 청강호를 번갈아 보면서 말했다.

"내게는 두 분 다 말로는 설명할 수 없을 만큼 고마운 분들입니다."

그리고 그는 자신의 양옆과 김낙현 옆에 앉아 있는 영실과 김길우, 서동원을 한 사람씩 차례로 둘러보고 나서 깊숙이 고개를 숙였다.

"부족한 저이지만 앞으로도 잘 부탁합니다."

상 주위에 앉은 모든 사람도 정필에게 고개를 숙였다.

"우리도 앞으로 잘 부탁합니다."

청강호가 작은 종이 박스 하나를 내밀었다.

"술 취하기 전에 계산부터 해야겠소. 이거이 정필 씨 몫이니까 받으시오."

정필은 종이 박스를 받고 잠시 가만히 있다가 청강호에게 고개를 숙여보였다.

"수고하셨습니다."

정필이 투자를 하고 청강호가 북한을 오가면서 사금을 사들여서 중국에 내다 판 이익금의 정필 몫이다. 두 사람은 이익금을 공평하게 절반씩 나누기로 했었다.

정필은 그 정도는 받지 않아도 되지만 그럴 경우 올곧은 청강호를 모욕하게 될까 봐 정중하게 받았다.

정필은 왼쪽에 앉은 김길우에게 종이 박스를 주었다.

김길우는 종이 박스를 들고 일어나 안방에 갔다가 잠시 후에 돌아왔다. 안방에 있는 금고에 넣어둔 것이다.

청강호는 정필이 종이 박스 안을 확인하지도 않는 걸 보고는 그가 자신을 신뢰한다는 사실을 새삼 깨달았다.

정필은 청강호 뺨에 딱지가 앉아 있고 찢어졌던 입술이 아직도 조금 부어 있는 것을 보며 물었다.

"청 선생님, 다친 데는 어떻습니까?"

청강호는 정필의 할머니 강옥화 가족을 탈북시키던 중에 규찰대에게 붙잡힌 연희를 구하려다가 죽도록 몰매를 맞아 연길에서 병원 신세를 졌었다. 김길우가 소개해 줘서 평화의원 강명도의 치료를 받았다.

청강호는 손을 휘이 저으며 호탕하게 웃었다.

"하하하! 내래 일 없소. 술 마시는 데 지장 없으면 된 거이 앙이오?"

김길우가 빙그레 미소 지었다.

"청 선생, 어째 함북 사투리 많이 쓴다."

"허허헛! 내래 기분이 좋으면 사투리가 저절로 나오는 거이니까니 낸들 어카갔소?"

정필은 나란히 앉아 있는 김낙현과 청강호를 번갈아 보면서 차분하게 말했다.

"두 분께 드리려고 차를 가져왔습니다."

김낙현과 청강호는 깜짝 놀랐다. 그들은 설마 정필이 그런 것에까지 신경을 썼을 줄은 예상도 하지 못했다.

김낙현은 빙그레 미소 지으며 손을 저었다.

"정필 씨는 유럽 쪽 중고차를 취급하는 걸로 아는데 내가 그런 차를 타고 다닌다면 금세 사람들 눈에 띄어서 곤란합니다."

중국에는 유럽의 고급 자동차가 매우 귀하기 때문에 그런 차를 타고 다니는 것만으로 주위의 시선을 집중시킬 것이 분명하다.

대한민국 안기부 요원인 김낙현은 신분을 감추고 은밀하게 행동해야 하는 게 기본이다.

"나도 마찬가지요. 유럽 차 타고 북조선에 들어가면 다들 곱지 않게 볼 거이요."

정필은 미소를 지으며 일어섰다.

"그런 걱정은 하지 않아도 됩니다. 한번 차를 구경해 보는 게 어떻겠습니까?"

정필 일행은 술을 마시다가 말고 차를 보기 위해서 흑천상사 뒤쪽 마당으로 우르르 몰려 나갔다.

마당은 매우 넓고 둘레에 높은 담이 쳐져 있어서 밖에서는 안이 들여다보이지 않았다.

얼마 전까지만 해도 흑천상사가 있는 5층 건물 전체에 20여 개의 가게나 사업체, 살림집이 세 들어 있었지만 지금은 흑천상사 하나뿐이다.

정필의 지시로 김길우가 5층 건물 전체를 사들였기 때문이다. 물론 김길우의 이름으로 샀다. 흑천상사도 그의 소유로 되어 있다. 정필이 그를 믿지 못한다면 절대로 할 수 없는 일이다.

주변에서는 이 건물이 가장 높기 때문에 마당을 들여다볼 걱정을 하지 않아도 된다.

"이겁니다."

환하게 불이 밝혀진 마당 한쪽에 오늘 대련에서 도착한 외제 차량들이 나란히 서 있는데 정필은 그중 어느 차 앞에 멈췄다.

"이거이… 도요타 랜드크루저 아니오?"

경험이 많은 청강호가 나란히 서 있는 2대의 SUV 차량을 가리키며 놀라는 표정을 지었다.

정필이 갈색과 청색의 똑같은 모델의 대형 SUV를 가리키면서 설명했다.

"도요타에서 렉서스라는 새로운 브랜드를 만들었는데 이 차는 미국 수출용으로 LX라고 하며 일본에서는 랜드크루저라고 부른답니다. 4,500cc에 350마력, 풀타임 4륜구동이고 대형입니다."

정필은 놀라는 표정의 김낙현과 청강호에게 물었다.

"문제 있습니까?"

김낙현과 청강호는 반쯤 정신이 나간 표정으로 고개를 가로저었다.

"일제 차는 중국에 많이 굴러다니니까 문제가 없습니다. 정필 씨가 이런 것까지 신경을 써주다니 고맙습니다."

"나는 이자 잡동사니 싣고 다니면서 박물 장수 노릇 앙이 하니까 이거이 그야말로 최고요."

정필이 미소 지으며 권했다.

"시승해 보십시오."

김낙현과 청강호는 각자 자신의 차를 고르더니 렉서스 LX에 올라 넓은 마당에서 이리저리 몰아보고 내려서는 엄지손가락을 치켜세웠다.

"힘도 좋고 잘 나갑니다."

"아주 마음에 쏙 드오. 최고요."

청강호가 지나가는 말처럼 물었다.

"이거이 완전히 새 차요. 차 안에서 새 차 냄새가 풀풀 나는구만그래. 가격이 얼마나 하오?"

"그냥 잘 타시면 됩니다."

"아, 가격을 알아야 어디 가서 자랑할 거 아니갔소?"

김길우가 대신 대답했다.

"6만 달러쯤 한답다."

"애앵?"

청강호는 떫은 감을 씹은 표정을 지었다.

"아까 내가 이익금이라고 정필 씨한테 준 돈이 3만 달러인데 이 차 값이 훨씬 더 크지 앙이 하오? 이거이 배보다 배꼽이구만 그래."

정필이 청강호의 어깨에 팔을 두르고 건물 쪽으로 이끌며 미소를 지었다.

"제 성의입니다. 아무쪼록 잘 타십시오."

"하아… 이거이 참."

정필 등이 다시 집에 들어가서 술을 마시고 있을 때 김낙현의 휴대폰이 울렸다.

"잠깐 나갔다 오겠습니다."

김낙현은 양해를 구하고 밖에 나갔다가 5분 후에 다시 돌아왔는데 혼자가 아니었다.

"안녕하세요, 정필 씨."

김낙현 뒤에 따라 들어온 사람은 뜻밖에도 정다혜였다. 그녀는 정필을 보고 환하게 웃으며 고개를 숙였다.

"옴마야! 저 에미나이래 여긴 무슨 일로 온 거임까?"

여태 잠자코 있던 은애가 갑자기 혓바닥을 꼬집는 듯한 소리를 질렀다.

"무슨 일입니까?"

"지금 도착했어요."

"그런 뜻으로 물은 게 아닙니다."

그러나 정필은 정다혜에게 딱딱하게 굴지 않았으며 그렇다고 해서 부드럽게 대하지도 않았다.

그녀가 지금껏 정필에게 했던 행동은 자신의 직분에 충실했던 것이었으므로 그녀를 나무랄 수는 없다.

"저는 이 시간부로 정필 씨의 그림자예요."

정필은 그녀의 말에 슬쩍 미간을 찌푸렸다. 대한민국에서 안기부장인 권영운을 만났을 때 그가 정필더러 '대공10단'에 징발됐다고 한 말이 떠올랐기 때문이다.

하지만 지금 이런 자리에서 그것에 대하여 김낙현이나 정다혜에게 따지는 것은 옳지 않다고 정필은 생각했다.

설혹 따진다고 해도 김낙현이나 정다혜 같은 그저 명령에 따라서 움직이는 요원의 입장에서는 속 시원한 대답을 해줄 수가 없을 것이다.

눈에 띄는 고급스러운 베이지 톤의 코트와 모직 바지를 입은 우아한 모습의 정다혜는 김낙현 옆에 앉아 정필에게 빈 잔을 내밀었다.

"한 잔 주세요."

딸깍…….

다음 날 새벽 6시, 정필은 칼처럼 정확하게 기상하여 방에서 나왔다. 얼마 전까지 혜주 모녀와 함께 사용하던 방이 그의 방이다.

은애는 정필의 몸속에 있는데 그가 깼는데도 그녀는 아직 자고 있는 중이다.

그런데 복도 저만치 거실에 흐릿한 불이 밝혀져 있으며 탁탁거리는 무슨 소리가 들리다가 정필이 나오는 순간 뚝 끊어졌다.

팬티 차림의 정필은 반사적으로 자세를 낮추고 빠르게 어두컴컴한 복도를 내달렸다.

확!

그때 갑자기 복도의 불이 환하게 켜졌다. 그리고 복도가 끝나고 거실이 시작되는 곳에 트레이닝복 차림의 정다혜가 서 있는 모습이 보여서 정필은 급히 멈췄다.

"일어났어요?"

정다혜는 정필을 바라보며 방그레 미소 지었다. 세수도, 화장도 하지 않은 부스스한 얼굴에 뿔테 안경까지 끼고 있는 모습이 영락없는 모범생의 그것이다.

"거실에서 뭐 하고 있는 겁니까?"

"길림성 당서기 위엔씬에 대해서 인터넷으로 알아보고 또

본부에 요청했던 위엔씬에 대한 자료가 메일로 도착해서 그걸 검토하는 중이었어요."

정필의 눈에 거실 앞 테이블에 노트북이 켜진 채 놓여 있으며 또 노트북에 전화선이 연결되어 있는 게 보였다.

오늘 정필은 장춘에 위엔씬을 만나러 갈 예정이고 그에게는 미리 전화를 해두었다.

위엔씬을 진작에 한 번 만났어야 하는데 너무 늦은 감이 있다. 그래서 정다혜가 위엔씬에 대해서 공부를 하고 있었던 모양이다.

어젯밤에 술을 마시는 자리에서 정다혜는 정필을 따라서 장춘에 갈 거라고 말했으며 정필은 구태여 반대하지 않았다. 그런 일로 쓸데없이 마찰을 빚고 싶지 않았다.

그때 안방 맞은편 방에서 영실이 부스스한 모습으로 하품을 하면서 나왔다.

"다혜 동생, 일어났습둥?"

"영실 언니, 안녕히 주무셨어요?"

어젯밤에 영실과 정다혜는 한 방에서 잤는데 두 여자는 벌써 언니 동생 할 정도로 친해진 모양이다.

영실의 성격은 정필이 잘 알고 있지만 그녀에겐 모르는 사람하고 하룻밤 사이에 언니 동생 할 정도의 뛰어난 친화력 같은 것은 전혀 없다. 그렇다면 정다혜가 밤사이에 영실을 제대로 구워삶았을 것이다.

영실이 우두커니 서 있는 정필을 발견하고 반색했다.

"정필 씨, 일어났구마이!"

영실은 정필이 팬티만 입고 있는 모습을 자주 봤기 때문에 아무렇지도 않았다.

심지어 그녀는 예전에 술이 취해서 자던 정필이 순임을 은애로 오해하고 섹스를 할 뻔했다가 중단했을 때의 홀딱 벗은 적나라한 모습까지도 봤었다.

정다혜는 정필을 머리에서 발끝까지 재빨리 훑고는 생긋 미소를 지었다.

"훌륭한 몸이에요."

그때 은애가 잠이 덜 깬 목소리로 말했다.

"오라바이, 오줌 마렵습다……."

사실은 정필이 소변이 마려운 건데 은애도 동시에 같이 느끼는 것이다.

아침 식사 이후, 연길 흑천상사 마당에서 차 2대가 거리로 조용히 빠져 나갔다.

앞선 차는 레인지로버이고 뒤따르는 승용차는 독일제 BMW의 기함 최상위 모델 750il이다.

정필은 원래 돈의 여유가 없어서 BMW 750il 1994년형 중고차를 사서 위엔씬에게 선물할 생각이었는데 이제는 돈 걱정은 하지 않아도 되는 상황이라서 아예 1996년 최신형을 샀다.

레인지로버는 정다혜가, BMW 750il은 김길우가 운전하면서 뒤따르고 있다.

정필은 지금껏 김길우보다 운전을 잘하는 사람을 본 적이 없었는데 정다혜의 운전 실력은 김길우하고 비교할 수 있을 정도로 뛰어났다.

지금 상황은 정필이 정다혜를 데리고 가는 것이 아니라 정다혜가 정필을 따라가고 있는 것이다.

"내 말이 안기부장에게 제대로 전달된 겁니까?"

정필이 담배 연기를 창밖으로 뿜어내면서 물었다. 그는 정다혜가 그림자를 자처하면서 자신을 따라다니고 있는 것이 거슬렸다.

"저도 담배 한 대 주세요."

정다혜가 정필을 힐끗 쳐다보면서 빨간 주둥이를 살짝 내밀어보였다.

"우야야… 에미나이가 담배를 다 피운다야……!"

북한에서 담배 피우는 여자를 한 번도 본 적이 없는 은애가 놀라서 탄성을 터뜨렸다.

정필이 담배 한 개비를 꺼내서 건네자 정다혜가 힐끗 보더니 종알거렸다.

"운전자에게 담뱃불을 붙여주시는 에티켓 정도는 알고 계시는 줄 알았는데요?"

칵!

정필은 지프라이터로 불을 붙인 담배를 정다혜에게 내밀었다. 그녀는 담배 연기를 능숙하게 깊이 빨아들이고 나서 연기를 내뿜으며 말했다.

"사실 정필 씨 의견이 어떤지는 중요하지 않아요. 중요한 것은 대한민국 정부가 정필 씨를 안기부 대공10단으로 징발했다는 사실이에요."

정필은 고집스러운 표정을 지었다.

"나는 안기부의 어떠한 지시에도 따르지 않을 거고 간섭도 받지 않을 겁니다."

"그건 정필 씨 자유예요. 좋을 대로 하세요."

"그렇게 해도 나한테나 우리 가족에게 어떤 법적인 제재나 불이익을 가하지 않습니까?"

"그런 일은 없을 거예요. 안심하세요."

도무지 이해할 수가 없는 일이다. 안기부가 정필을 대공10단으로 징발했다는 사실을 받아들이지 않겠다는데 마음대로 하라니, 그래서는 정필을 대공10단으로 징발한 이유가 퇴색하지 않겠는가.

정필이 쳐다보자 정다혜는 희고 긴 손가락 사이에 낀 담배를 조그맣고 도톰한 입술에 물고 볼이 움푹 파이도록 세게 빨고는 그를 쳐다보며 생긋 웃었다.

"후우… 정필 씨는 그냥 원래 하던 일을 하면 돼요."

"탈북자 돕는 거 말입니까?"

"네. 대공10단에서 새로 창설되는 '미카엘 팀'이 하려는 업무가 바로 그거니까요."

"미카엘 팀은 뭡니까?"

"부장님이 직접 지으신 팀명이에요. 부장님은 독실한 기독교 신자시거든요. 뭐라더라. 성경에는 미카엘이 천사들의 우두머리인 대천사이며 악마인 사탄의 호적수로서 요한묵시록에는 하나님의 군대를 이끌고 사탄의 군대와 맞서 싸운다고 기록되었다는군요."

정필은 장중환 목사가 자신을 일컬어 몇 번이나 미카엘이라고 불렀던 것과 권영운 안기부장이 팀명을 미카엘이라고 지은 것이 우연의 일치일 것이라고 생각했다.

"정필 씨는 저를 떼어내지만 않으면 돼요."

"떼어내면 어떻게 됩니까?"

정다혜가 묘한 미소를 지었다.

"부장님이 정필 씨를 징발했다고 말씀하셨잖아요?"

"그랬죠."

"저를 떼어내면 징발의 참뜻을 알게 될 거예요."

그녀의 말은 협박처럼 들리지는 않았다.

아침 8시에 연길을 출발한 정필 일행은 11시 40분쯤에 장춘을 15㎞ 남겨놓은 곳에 이르렀다.

"도착하면 점심시간이겠네요?"

정다혜의 말에 정필은 대시보드에 부착된 시계를 보았다.

"정필 씨, 이참에 아예 위엔씬 하고 점심 식사라도 같이 하는 건 어때요? 선물만 전하고 돌아오는 것보다는 위엔씬하고 친밀한 유대 관계를 맺는 것도 좋지 않겠어요?"

정필은 어제 위엔씬에게 전화를 걸어서 오늘 찾아갈 것이라고 통보를 해놨었다.

위엔씬은 당연히 반색을 하며 오후 시간을 비워두고 기다리겠다고 말했었다.

정필은 위엔씬과 점심 식사를 같이 하는 것도 괜찮을 것 같아서 넌지시 물었다.

"몇 시쯤 도착할 거 같습니까?"

"당서기 집무실에 12시 15분에서 20분 사이에 도착할 수 있을 거예요."

"그럼 늦겠는데?"

정다혜는 생글생글 웃었다.

"위엔씬은 생명의 은인을 20분쯤 기다려 줄 거예요."

그러고 보니까 정필은 정다혜가 화를 내거나 굳은 표정을 짓는 것을 본 적이 없는 것 같았다. 그의 기억에 정다혜는 늘 생글생글 웃는 표정만 남아 있었다.

정필은 어제 술자리에서 자신이 예전에 길림성 당서기 위엔씬을 우연한 기회에 구해주었다는 얘기를 했었다. 정다혜는 그때 그 얘기를 들은 것이다.

"차 세워요."

"왜요?"

"중국어를 하는 길우 씨가 위엔씬에게 전화해야 합니다."

정다혜는 생긋 미소 지었다.

"정필 씨가 위엔씬에게 전화해서 저를 바꿔주세요."

정필은 뜻밖이라는 표정을 지었다.

"중국어 할 줄 압니까?"

"그 정도야 할 줄 알죠."

정다혜는 별거 아니라는 표정을 지었다. 그렇다면 그 정도도 못 하는 정필은 뭐가 되는가.

정필은 웨인씬에게 전화를 걸었다. 이 전화번호는 위엔씬 휴대폰이라서 신호가 5번쯤 울린 후에 그가 직접 받았다.

"워스추이쩡비(저 최정필입니다)."

"오! 니따오추어마(도착했소)?"

"이크어떵허우(잠시 기다리십시오)."

정필이 틈틈이 배운 짧은 중국어로 겨우 말해놓고는 휴대폰을 정다혜에게 넘겼다.

정다혜는 한 손으로 핸들을 잡고, 다른 손으로 휴대폰을 귀에 가져가더니 유창한 중국어로 말했다.

"안녕하세요. 저는 최정필 씨의 비서입니다."

넉살 좋게 자신을 정필의 비서라고 소개한 정다혜는 유창한 북경 표준어로 위엔씬과 통화했다.

그녀는 우리들이 12시 20분쯤 당서기 집무실에 도착할 것 같으며 점심 식사를 대접하고 싶다고 말하자 위엔씬이 흔쾌히 받아들였다.

정필은 전화를 끊은 정다혜를 보면서 물었다.

"뭐라고 한 겁니까?"

정다혜는 휴대폰을 정필에게 내밀었다.

"점심을 대접하겠다니까 위엔씬이 좋다면서 기다리겠다고 했어요."

"우리가 대접하는 겁니까?"

"그래야죠. 상대는 당서기인데,"

정필은 조금 어이없는 표정을 지었다.

"우린 장춘에 대해서 아무것도 모르는데 어디에서 식사를 합니까? 당서기 쯤 되는 사람에게 식사를 대접하려면 웬만한 곳은 곤란할 텐데 말입니다."

정다혜는 대답하지 않고 한 손으로 핸들을 잡고 다른 손으로 주머니에서 자신의 휴대폰을 꺼내더니 능숙하게 휴대폰의 번호를 눌렀다.

"정다혜입니다. 장춘 난후(南湖)호텔에 최정필 씨 이름으로 점심 식사 예약 부탁합니다. 시간은 12시 40~50분이면 좋겠습니다."

그녀는 누군가에게 매우 사무적인 말투로 간단하게 통화를 하고는 전화를 끊었다.

미소를 짓지도 않고 평소처럼 사근사근한 말투가 아니라서 정다혜가 아닌 듯한 느낌이었다.

정필은 그녀가 누군가에게 점심 식사 예약을 부탁하는 것을 보고는 그녀가 안기부 요원이라는 사실을 새삼스럽게 상기하고 아무것도 묻지 않은 채 잠자코 있었다.

3분쯤 지났을 때 정다혜의 휴대폰이 울렸다. 그녀는 전화를 받고 나서 정필을 보며 생긋 미소 지었다.

"장춘 난후호텔 중식당 VIP석에 예약했어요. 난후호텔은 장춘에서 최고급 호텔이에요."

정필은 쓰다 달다 아무 말 없이 가만히 있었다. 현재까지 봤을 때 정다혜는 정필에게 도움이 될지언정 피해를 입히지는 않았다.

그렇다고 해서 정필이 그녀를 동료나 친구로서 받아들이는 것은 아니다.

정필 일행은 12시 17분에 길림성 당서기 집무실인 서기국 마당으로 들어섰다.

정다혜는 12시 15분에서 20분 사이에 도착할 거라고 했는데 그 5분 안에 정확하게 도착했다. 게다가 그녀는 거리를 헤매지도 않고 이곳으로 곧장 차를 몰았다.

위엔씬의 젊고 늘씬한 여비서와 제복의 장교 한 명이 서기국 일 층 현관에서 기다리고 있다가 정필 일행을 정중하게 맞이했다.

"저는 여기 있갔습다."

김길우는 차 옆에 서서 정필을 보며 미소 지었다.

"들어갑시다."

정필은 쓸데없는 말 하지 말라는 듯 고갯짓으로 그를 부르고 건물 안으로 들어갔다.

정필 일행은 고풍스러운 4층 건물의 2층 당서기 집무실로 안내되었다.

커다란 마호가니 책상 앞에 앉아 있던 인민복 차림의 위엔씬이 집무실 안으로 들어서는 정필을 보고 자리에서 벌떡 일어나 환하게 웃으며 다가왔다.

"오우! 추이쩡비! 흔까오씽(최정필 씨, 정말 반갑소)!"

말쑥한 정장 차림의 훤칠한 정필이 손을 내미는데 위엔씬은 두 팔을 활짝 벌리더니 그를 덥석 안았다.

그것만 봐도 그가 정필을 얼마나 만나고 싶어 했는지 짐작할 수 있다.

잠시 후 정필은 그의 품에서 벗어나 가볍게 고개를 숙였다.

"지아오닌지우덩흔빠오취엔(오랫동안 기다리시게 해서 대단히 죄송합니다)."

장춘에 들어와서 정다혜가 가르쳐 준 중국어가 서툴게 정필 입에서 흘러나왔다.

위엔씬은 이게 얼마만이며 정말 반갑다면서 정필의 잡은 손을 놓지 않았다.

정필은 위엔씬에게 김길우와 정다혜를 소개했다.

김길우는 스스로 정필의 부하라고, 정다혜는 비서라고 소개하는 것을 정필은 알아듣지 못했다.

정필의 기억 속에 남아 있는 위엔씬은 근사한 중년 신사였는데 오랜만에 다시 만나니까 처음 봤을 때보다 더욱 풍채가 근사해 보였다.

위엔씬은 정필을 위아래로 연신 살펴보면서 처음 봤을 때 훤칠하고 잘생겼다고 생각했었는데 지금 보니까 정말 절세미남이라면서 엄지손가락을 치켜세웠다.

정필이 식당을 예약했다면서 나가자고 하자 위엔씬은 껄껄 웃으면서 자신의 부인도 정필을 보러 나온다고 했다며 조금 기다리자고 했다.

위엔씬이 정필을 소파로 안내하며 차라도 한잔하면서 기다리자고 말하는데 마침 문이 열리고 한 여자가 안으로 들어섰다.

"후렌(부인)."

위엔씬이 들어서고 있는 여자에게 다가가 환하게 웃으며 손을 잡았다.

여자는 중국 전통 의상인 몸에 찰싹 달라붙은 치파오(旗袍)를 입었고 늘씬한 키에 육감적인 몸매를 지녔으며 20대 후반의 나이로 보였다.

그런데 정필이 보니까 왠지 그 여자가 낯이 익어서 어디에서 봤는지 기억하려고 고개를 갸웃거렸다.

마침 여자가 정필을 보고는 깜짝 놀라면서 급히 다가와 그의 손을 잡았다.

"워씨앙쓰러(정말 보고 싶었어요)."

정필은 가까이에서 그녀를 보고 또 위엔씬이 옆에 서 있으니까 그제야 그녀가 누군지 깨달았다.

"아……."

지난날 정필이 도문 근처에서 위엔씬을 건달들로부터 구했을 때 그와 함께 뒷자리에 타고 있던 젊은 여자가 바로 이 여자였다. 그런데 이 여자가 이곳에 불쑥 나타난 이유를 알 수가 없다.

여자는 정필의 양어깨를 두 손으로 잡고 우아한 동작으로 살며시 그의 품에 안겼다.

"흔까오씽(정말 반가워요)."

정필이 어색해서 우두커니 서 있는데 그의 품에서 떨어지는 여자의 눈에 눈물이 그렁그렁 고여 있었다.

위엔씬이 여자의 어깨에 손을 얹고 하는 말을 얼른 김길우가 통역해 주었다.

"생명의 은인을 하루도 잊은 적이 없다고 한다."

위엔씬이 정식으로 여자를 정필에게 소개했다.

"내 아내 메이리(美麗)요."

"아……."

정필은 설마 이토록 젊고 아름다운 여인이 초로의 나이인 위엔씬의 부인일 줄은 짐작도 하지 못했다.

정필과 위엔씬, 그의 부인 메이리는 정답게 대화를 나누면서 일 층 집무실 현관을 나섰다.

현관으로 걸어가는 동안 정다혜는 김길우와 나란히 걸으면서 이제부터는 자신이 통역을 할 테니까 김길우는 일체 나서지 말라고 주의를 주었다.

성격이 강하지 못한 김길우는 속으로는 조금 못마땅했지만 정다혜에게 반항하지 못하고 가만히 있었다. 사실 김길우는 정다혜가 누군지 모르지만 대충 짐작은 하고 있다.

"내 차로 갑시다."

위엔씬과 부인 메이리가 정필의 양쪽에서 그의 팔을 잡고 현관 앞에 대기하고 있는 승용차로 이끌었다.

그런데 그 승용차는 뜻밖에도 BMW 1985년식 E30 알피나 모델이었다.

정필이 보기에도 일개 성(省)의 수장인 당서기가 타기에는 형편없을 정도로 12년이나 지난 오래된 모델이었다.

걸음을 멈춘 정필이 주차장 쪽을 가리키면서 말하고 뒤에 바싹 붙은 정다혜가 통역했다.

"당서기께 선물을 가져왔습니다."

위엔씬은 전혀 예상하지 않았다는 표정을 지으며 정필이 이끄는 대로 따라왔다.

"선물이라니 무슨……"

정필이 먼지 한 올 묻지 않은 비까번쩍한 1996년 최신형 BMW 750il을 가리키며 겸손하게 말했다.

"지난번 도움을 주신데 대한 약소한 보답입니다."

"오……"

위엔씬은 나직한 탄성을 터뜨리고는 정필을 쳐다보았다.

"당신은 생명의 은인인데 내가 어떻게 이런 과분한 선물을 받을 수 있겠소?"

정필은 진심 어린 얼굴로 말했다.

"당서기께선 14명의 목숨을 구하셨습니다. 이런 것은 그저 부끄러운 보답입니다."

지난번 연길공안국의 공안들이 베드로의 집을 급습해서 장중환 목사를 비롯하여 탈북자 14명을 끌고 갔을 때 정필과 김길우까지 붙잡혔었는데, 위엔씬이 연길공안국장에게 전화를 걸어준 덕분에 모두 무사히 석방됐었다.

그뿐만 아니라 위엔씬의 지시로 그때 탈북자들에게 특별 신분증을 만들어주기도 했었다.

위엔씬은 손을 저었다.

"나는 그런 거 모르오. 나는 단지 최정필 씨를 도왔을 뿐이오. 그런데 어째서 차를 선물할 생각을 했소?"

"지난번에 도문에서 타고 계시던 벤츠가 크게 파손되지 않았습니까? 그래서 새 차가 필요하실 것 같다고 생각했습니다. 마침 제가 연길에서 중고 자동차 회사를 시작했기 때문에 차를 구하는 건 어렵지 않았습니다."

위엔씬은 뜻밖이라는 표정을 지었다.

"오! 중고 자동차 회사를 차린 것이오?"

"그렇습니다. 하지만 이 차는 중고차가 아니라 가장 최신형

신차입니다."

위엔씬과 부인 메이리는 중국에서는 보기 드문 BMW 750il 주위를 몇 바퀴나 빙빙 돌면서 구경하며 '피아오량(훌륭하다)'을 반복했다.

위엔씬은 정필이 달고 온 중국 임시 넘버의 BMW 750il을 타고 점심 식사를 하러 출발했다.

위엔씬의 전속 운전기사는 BMW 750il을 처음 몰아보기 때문에 정다혜가 운전을 하고 조수석에는 정필이, 뒷자리에 위엔씬과 메이리가 앉았다.

"아이야~ 자이띠엔쓰(어머나, TV가 있어요)!"

메이리가 운전석과 조수석 뒤에 부착된 모니터를 발견하고 탄성을 터뜨렸다.

차량의 매뉴얼을 충분히 숙지한 정다혜가 운전을 하면서 뒷자리에 있는 안마 기능을 비롯한 여러 가지 기능에 대해서 유창한 중국어로 설명을 해주었다.

위엔씬과 메이리는 BMW 750il의 매력에 푹 빠져서 몹시 만족했다.

이윽고 차가 난후호텔로 들어서자 차창 밖을 내다보던 메이리가 깜짝 놀라는 표정을 지었다.

"어머! 난후호텔이에요."

위엔씬이 흐뭇하게 미소 지으며 정필에게 말했다.

"메이리가 이곳 식당의 요리와 분위기를 매우 좋아하오. 최정필 씨가 그걸 어떻게 알고 예약한 것이오?"

"죄송하지만 그건 몰랐습니다."

"호오… 우연의 일치로구먼."

정필은 씁쓸한 미소를 지었다. 메이리가 난후호텔 내의 식당을 좋아한다는 사실을 정다혜가 미리 알고 있었을 것이라는 생각이 들었기 때문이다.

정다혜는 정말 치밀한 여자다. 그렇지만 아직까지는 정필에게 해를 끼치지 않았다. 아니, 여러 가지 도움을 주고 있는 게 사실이다.

정필과 위엔씬, 메이리, 그리고 정다혜가 한 테이블에 앉아서 이 식당의 최고급 코스 요리를 먹으면서 화기애애하게 담소를 나누었다. 정다혜는 통역을 하기 위해서 배석했다.

김길우는 조금 떨어진 테이블에 혼자 앉아서 식사를 하는데 정필에게서 시선을 떼지 않았다.

위엔씬과 부인 메이리는 정필에게 관심이 많은 듯 이것저것 물었고 정필은 되도록 솔직하게 대답해 주었다.

정필이 작년에 군대에서 제대하여 중국에 관광을 하러 왔다가 김길우를 만나서 우연찮게 외제 중고차 사업에 뛰어들었다는 것, 자신은 아직 미혼이고 또 부친은 한국에서 중소기업을 운영한다는 것 등 가족 관계 등에 대해서도 가감 없이 설명해 주었다.

그렇지만 자신이 탈북자들을 돕고 있다는 말은 하지 않았으며 위엔씬도 거기에 대해서는 묻지 않았다.

식사를 하면서 대화를 거듭할수록 위엔씬과 메이리는 정필에게 큰 매력을 느껴서 점점 더 그를 좋아하게 되었다.

"최정필 씨, 오늘 밤 우리 집에서 자고 내일 가시오."

"부탁이에요. 저는 최정필 씨하고 더 많은 얘기를 나누고 싶어요."

급기야 위엔씬이 그렇게 부탁하기에 이르렀고 메이리도 반색하면서 거들었다.

정필은 그다지 급한 일도 없고 위엔씬 부부가 이처럼 부탁하는데 거절하기도 어려워서 정중히 고개를 숙였다.

"그럼 신세를 지겠습니다."

위엔씬이 퇴근 때까지 업무를 보는 동안 정필 일행은 위엔씬의 부인 메이리와 함께 시내 구경을 나왔다.

장춘 시내 몇 군데 관광 코스를 정필과 메이리가 나란히 걸으면서 다정하게 대화를 나누고 정필 옆에서 정다혜가 걸으며 통역을 해주었다.

그리고 김길우는 세 걸음 뒤에 떨어져서 따랐으며, 2명의 사복 경호원이 앞뒤에서 호위했다.

메이리는 무척이나 즐겁고 행복한 표정이어서 그녀와 정필은 마치 다정한 연인처럼 보였다.

정다혜는 통역을 하는 틈틈이 정필에게 한국어로 위엔씬과 메이리에 대해서 깨알 같은 설명을 해주었다.

그녀의 깨알 설명에 의하면, 위엔씬은 10년 전에 부인이 죽어서 7년 동안 혼자 살다가 3년 전에 지금의 부인 메이리를 만나 한눈에 반해서 재혼을 했다.

메이리는 심양 출신이고 장춘에서 대학을 나와 위엔씬의 비서로 발탁됐다가 부인이 된 신데렐라이고 나이는 올해 28살이며 아직 자식은 없다.

위엔씬이 올해 56세가 됐으니까 메이리하고는 28살 차이로 딸 같은 여자와 사는 것이다.

위엔씬에게는 아들 하나와 딸 하나 남매가 있으며, 32살의 아들은 북경대학을 나와서 같은 대학 여자 후배와 결혼을 하여 현재 북경에서 직장에 다니고 있다.

딸은 메이린보다 5살 어린 23살이며 작년에 장춘대학을 졸업한 후에 취업을 준비하고 있다.

위엔씬은 길림성 당서기 겸 정치국원으로 중국 권력 서열 24위고, 정치국원보다 한 단계 위 그룹인 상무위원이 되기 위해서 오랜 세월 절치부심 애쓰고 있지만 뜻을 이루지 못하고 있다.

정필 일행은 2시간 동안 장춘 시내 구경을 하고 나서 장춘 백화점에 들어갔다.

정다혜가 정필 옆에 밀착하면서 속삭였다.

"부인에게 선물을 해주는 건 어때요?"

정필이 쳐다보자 정다혜가 생긋 미소 지었다.

"중국은 청렴하고는 거리가 먼 나라에요. 그래서 뭘 선물하거나 사줘도 뇌물이라고 생각하지 않아요. 이런 기회에 부인을 정필 씨 사람으로 만들어 두면 위엔씬은 자연히 따라오게 돼 있어요."

정다혜는 미소 짓고 있는 메이리를 슬쩍 보고 나서 말을 이었다.

"그렇지 않아도 부인은 정필 씨에게 푹 빠져 있는데 아예 광팬을 만들어 버리죠."

정다혜는 일행에서 떨어져 나갔다가 잠시 후에 돌아왔다. 장춘백화점의 여성 용품, 그중에서도 특히 명품관이 어디인지 알아보고 온 것이다.

다행히 장춘백화점에는 작년 가을부터 4층에 명품관을 운영하고 있단다.

그날 정필은 메이리에게 밍크코트 2벌과 샤넬 핸드백, 롤렉

스 시계를 하나씩 사주었다.

그런데 메이리의 반응이 기대 이상이었다. 그녀는 이런 최고가의 명품들은 난생처음 가져보는 거라면서 너무 고맙고 행복해서 눈물까지 글썽거렸다.

미화 2만 4천 달러에 메이리는 거의 정필 쪽으로 기울었다.

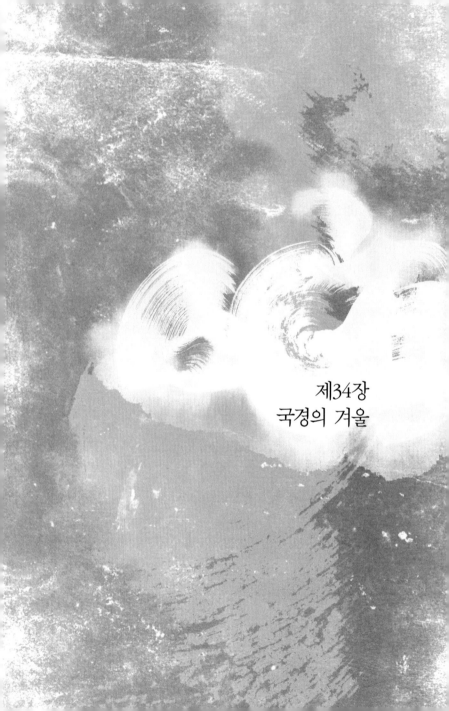

제34장
국경의 겨울

　위엔씬은 평소에는 당서기 관저에서 지내지만 오늘은 특별히 장춘 시내를 관통하여 흐르는 이통하(伊通河)라는 강의 상류 쪽 아름다운 강변에 자리 잡고 있는 별장으로 정필 일행을 초대했다.

　별장이라고 해서 유럽의 으리으리한 성 같은 것이 아니라 마치 시골의 전원주택처럼 아담하고 멋스러운 이 층 건물이며 집 앞에 마당이 딸려 있고 그 마당에서 이통하의 아름다운 경치가 한눈에 내려다보였다.

　이곳까지 오는 동안 정다혜가 BMW 750il을 운전하고 정필이 조수석에 탔다.

　정다혜는 위엔씬이 별장의 위치를 가르쳐 주니까 중간에 두 번 길을 묻고는 곧잘 찾아왔다. 그녀는 장춘 지리를 잘 알고 있는 사람 같았다.

　"오라바이, 제가 보기에 정다혜라는 여자는 아주 능력 있는 사람 같슴다."

　이따금씩 말을 해서 자신이 아직 정필의 몸속에 있다는 사실을 확인시켜 주던 은애가 조용한 목소리로 말했다.

　화장실에서 바지 지퍼를 내리면서 정필이 나직하게 말했다.

　"내가 보기에도 그런 것 같습니다."

　"이자는 오라바이한테 치근덕거리지도 않고 일들을 아조 똑 부리지게 잘 함다. 저는 처음에 정다혜라는 여자를 개두살이라고 생각했슴다."

　정필은 며칠 전 한국에서도 은애가 정다혜더러 '개두살이'라고 부른 것을 기억했다.

　"개두살이가 뭡니까?"

　"힘이 세고 기가 센 여자임다. 사내를 거지발싸개처럼 여긴다는 말임다."

　"정다혜 씨가 그런 것 같지는 않습니다."

　"저도 그렇게 생각함다. 길타만 개두살이는 맞는 것 같슴다. 사내를 거지발싸개로 여기지는 않아도 개두살이는 개두살이임다."

은애는 정필에게 잘 하는 사람이라면 남녀를 막론하고 무조건 좋아하는 편이다.

"그럼 이제부터 정다혜를 개두살이라고 불러야겠습니다."

정필의 말에 은애가 깔깔 웃었다.

"아하하하! 오라바이가 개두살이라고 부르면 그 에미나이 얼굴이 어케 변할지… 모… 르… 겠… 슴… 다……."

"……."

"아아… 오… 라… 바……."

소변을 보던 정필은 움찔 놀랐다. 은애의 목소리가 느닷없이 멀어지는가 싶더니 까마득한 산골짜기에서 메아리처럼 들리다가 그마저도 끊어져 버렸다.

"은애 씨."

정필이 불렀지만 은애는 대답이 없다.

불길한 생각이 더럭 들었다. 혹시 은애가 사라져 버린 것이 아닐까 하는 생각이다.

그것은 언제나 마음 한 귀퉁이에서 움트고 있던 것이므로 은애에게 무슨 일이 생기자마자 즉시 고개를 빳빳하게 쳐들었다.

"은애 씨!"

그가 더 큰 소리로 불렀지만 은애는 여전히 대답이 없다. 설마 하던 불길함이 조금 더 현실 쪽으로 걸음을 내디뎌서 정필은 심장이 오그라드는 것을 느꼈다.

"은애 씨, 장난하지 말아요. 이런 장난은 하나도 재미없습니다. 어서 대답해요."

그는 소변을 보다 말고 주위를 두리번거리면서 허둥거렸다. 은애가 화장실 안에 있는 게 아닐 텐데도 그의 시선은 화장실 여기저기를 부유하고 있다.

왈칵!

"정필 씨, 무슨 일이에요?"

그때 갑자기 문이 열리면서 정다혜가 들이닥치며 다급하게 물었다.

"……."

정필은 우뚝 몸이 굳은 채 정다혜를 돌아보았고, 정다혜는 정필의 얼굴을 보다가 시선이 아래로 내려가 지퍼 밖으로 나와 있는 그의 물건에서 멈추었다.

정필은 은애가 갑자기 사라졌다는 충격적인 사실 때문에 미처 물건을 수습할 정신도 없다가 정다혜의 시선을 느끼고서야 지퍼를 올렸다.

정다혜는 대범한 성격인 듯 정필의 물건을 봤다는 사실보다는 그의 얼굴에 떠오른 절망에 더 신경이 쓰였다.

"무슨 일이에요?"

그녀는 거실에서 정필을 기다리고 있다가 갑자기 그가 지르는 고함 소리를 듣고 달려온 것이다.

정필이 어떤 사람이라는 것을 웬만큼 알고 있는 그녀는 그가 어지간한 일로는 소리를 지르는 것 같은 행동은 하지 않았을 것이라고 생각했다.

"아… 무엇도 아닙니다."

정다혜는 정필이 아무것도 아니라고 대답을 하면서도 얼굴이 뭐에 홀린 사람 같아서 마음이 놓이지 않았다. 그녀는 정필이 뭔가를 말하지 않는다고 생각했다.

"괜찮아요?"

정다혜의 물음에 정필은 대답하지 않고 세면대의 물을 틀고 손을 씻으면서 다시 한 번 화장실을 둘러보았지만 한 번 사라진 은애의 모습은 보이지 않았다.

거실에는 김길우 혼자 멀뚱하게 앉아 있다가 정필을 보고는 얼른 일어섰다.

"터터우, 무슨 일임까?"

"아… 괜찮습니다."

화장실에서 정필이 뭐라고 소리를 지르니까 정다혜가 김길우한테 앉아 있으라고 하고 자기 혼자 달려갔었다.

정필이 아까 위엔씬 부부가 들어간 방 쪽을 쳐다보니까 김 길우가 미소 지으며 설명했다.

"아까 터터우가 선물한 물건들을 부인께서 당서기에게 자랑하고 있는 거 같습니다."

정필은 정다혜 말을 듣고 메이리에게 선물을 하긴 했지만 위엔씬이 어떻게 받아들일지 몰라서 내심으로는 조금 께름칙한 기분이었다.

그렇지만 그런 기분은 잠시 후에 위엔씬과 메이리가 나란히 거실로 나오면서 깨끗하게 사라졌다.

"최정필 씨! 메이리에게 너무 큰돈을 쓴 것이 아니오?"

위엔씬이 방에서 나와 거실로 걸어오며 환한 얼굴로 말하자 앉아 있던 정필 등은 자리에서 일어섰다.

메이리는 정필이 사준 은빛이 자르르 흐르는 밍크코트를 입고 어깨에는 샤넬 핸드백까지 메고는 얼굴 가득 행복한 미소를 지으면서 위엔씬의 팔짱을 끼고 걸어왔다.

"부인께서 마음에 들어 하시니 다행입니다."

메이리는 정필을 바라보면서 곱게 눈웃음을 치며 새가 노래하듯이 말했다.

"이렇게 훌륭한 선물은 난생처음 받았어요. 지금 너무 행복해서 가슴이 터질 것만 같아요."

위엔씬이 환하게 미소 지으며 모두에게 앉기를 권했다.

"앉읍시다."

실내는 난방이 잘 돼서 훈훈한데도 메이리는 밍크코트를 벗으려고 하지 않았고 무릎에 올려놓은 샤넬 핸드백을 쓰다듬기도 하고 열어보기도 하면서 아이처럼 좋아했다.

문득 위엔씬이 마주 앉은 정필을 똑바로 주시하면서 정색을 하고 물었다.

"최정필 씨, 내게 원하는 것이 있소?"

"없습니다."

정필은 일 초도 생각할 필요가 없다는 듯 즉답했다.

"여보······."

위엔씬의 말에 메이리가 당황해서 허둥거렸지만 그는 말을 멈추지 않았다.

"나는 청렴한 관리는 아니지만 뇌물을 덥석덥석 받는 사람은 아니오."

"제가 두 분을 구해준 것도 뇌물이라고 생각하십니까?"

정필은 표정 하나 변하지 않고 말했다.

위엔씬은 슬쩍 미간을 좁혔다.

"사람의 목숨을 구해준 구명지은이 어떻게 뇌물일 수가 있겠소?"

"그럼 당서기께서 일전에 저를 한 번 도와주신 것도 뇌물이 아니겠군요."

"당연하오."

"제가 부인께 선물한 것도 같은 차원입니다."

정필의 설명은 어딘가 부족했지만 모자라는 부분을 정다혜의 화려한 말재주가 메웠다. 그녀는 정필이 방금 한 말 뒤에 자신의 뜻을 덧씌웠다.

"아우가 큰형님을 흠모하는 마음으로 형수님께 약소한 선물을 한 것이니 노여워하지 마십시오."

위엔씬이 쳐다보자 정필은 지지 않고 똑바로 그를 마주 바라보고 있었다.

정다혜가 통역한 정필의 말은 공경한 것이었는데 그의 표정은 매우 당당했다.

위엔씬은 정필이 그렇게 말을 해놓고 부끄러워하는 것이라고 판단했다.

그러나 사실 정필은 지금 제정신이 아니다. 화장실에서 소변을 보면서 대화를 하던 중에 은애가 갑자기 사라졌기 때문에 제정신일 리가 없다.

정필이 은애 생각에 골몰하고 있을 때 김길우가 그를 일깨워주었다.

"터터우, 술 받으십시오."

정필이 정신을 차리고 보니까 위엔씬이 술을 따라주려고

술병을 쥐고 그에게 내밀고 있었다.

"아… 죄송합니다."

정필이 은애 때문에 정신이 나가 있는 모습을 보면서 위엔씬은 아까 자기가 한 말 때문에 그가 괴로워하고 있는 것으로 오해를 했다.

"내 지위가 당서기라서 청탁을 하려는 사람들이 밤낮으로 나를 귀찮게 하고 있소."

정필 옆에 앉은 정다혜가 위엔씬의 말을 통역하면서 말끝에 따끔한 충고를 했다.

"정필 씨, 계속 얼빠진 얼굴로 앉아 있다가는 본전도 건지지 못할 거예요."

"그래서 최정필 씨의 호의를 순수하게 받아들이지 못하는 것이니까 이해하시오."

"네……."

정필이 여전히 시무룩한 표정으로 고개를 끄떡이는 걸 보고 정다혜가 한 번 더 일침을 가했다.

"이 사람하고의 관계를 이쯤에서 끝내고 싶어서 그래요? 여기에 뭐 하러 온 거예요?"

목소리는 나직했지만 말의 내용이 칼이 되어 정필의 목을 찔렀다.

정필은 작게 움찔하더니 위엔씬을 쳐다보고 나서 정다혜를 처다보았다.

"지금 얘기가 어떻게 돌아가고 있습니까?"

"정필 씨 말 한 마디에 협잡꾼이 되느냐, 친구가 되느냐 갈림길에 서 있어요."

정필은 말없이 술 한 잔을 마시면서 은애의 일을 잠시 접어두기로 했다. 그러고는 지금까지의 일을 정리하고 나서 빈 잔을 내려놓고는 위엔씬을 똑바로 주시하며 나직하지만 힘 있게 말했다.

"언제든지 연길에 놀러 오십시오. 그럼 제가 술 한 잔 대접하겠습니다."

지금으로썬 정필이 할 수 있는 최선의 말이다. 친구로서 연길에 놀러오라는 뜻이다.

정다혜가 정필의 말을 통역했다.

그러자 위엔씬의 표정이 환하게 밝아지더니 두툼한 손을 내밀어 정필의 손을 덥석 잡았다.

"하오! 구오란밍뿌쉬촨(果然名不虛傳 : 과연 명불허전이오)!"

위엔씬이 기분이 좋아서 연신 '하오!'를 연발하는 모습을 보면서 정필이 정다혜에게 물었다.

"뭐라고 통역했는데 저러는 겁니까?"

정다혜는 배시시 웃었다.

"진정 알아주는 이가 있다면 하늘 끝이라도 이웃과 같으리(海

208 검은 천사

內存知己 天涯若比隣)라고 말했어요. 옛날부터 전해지는 중국의 유명한 문장이에요."

정필은 어이없는 표정을 지었다.

"하여튼······."

그때 위엔씬이 정필의 잔에 술을 가득 따르고 나서 자신의 빈 잔을 내주며 호방하게 말했다.

"우리 의형제가 됩시다."

그 말을 듣고 정필은 크게 고개를 끄떡이고는 정다혜의 조언에 따라서 공손히 위엔씬의 잔에 술을 따랐다.

"일어나서 서로 마주 보고 단숨에 술을 마시고는 당서기에게 '대가'라고 말하세요."

정다혜가 말할 때 정필과 위엔씬은 이미 일어나서 마주 보는 자세로 술을 마시고 있었다.

정필은 잔을 비우고 진지하게 외치듯 위엔씬을 불렀다.

"따거!"

위엔씬도 마주 보며 환한 웃음으로 응답했다.

"링디(슈弟:아우님)!"

두 사람은 서로의 손을 마주 잡았다. 그러자 위엔씬이 정필을 당겨서 상체를 얼싸안았고 정필도 그를 마주 안았다.

메이리는 줄곧 조마조마한 표정을 짓고 있다가 비로소 만면에 환한 미소를 떠올렸다.

위엔씬이 말했다.

"이제부터 우리 형제 사이에서 벌어지는 일은 다 우정(友情)일세."

정필은 한국에서 들여온 24대의 차량 중에서 1대는 위엔씬에게, 2대는 김낙현과 청강호에게 주고 나서, 8대는 선주문했던 사람들에게 넘겨주고 나머지 10대를 이틀 만에 모두 팔아치웠다.

한국에 있는 선희는 번듯하게 사무실을 차리고 직원을 3명 구해서 서울을 중심으로 전국을 돌면서 외제 중고차를 구해 중국 연길로 보내고 있다.

흑천상사는 직원 4명을 더 구했으며, 모두 조선족이고 3명은 남자인데 대련을 오가면서 한국에서 보내온 차량을 연길로 운송하는 일을 전담하고, 여자 한 명은 흑천상사에서 경리로 일하고 있다.

홍일점인 그녀의 이름은 윤송(尹松). 21살이고 작년에 북한 함경북도 은덕에서 굶주림 때문에 탈북했다가 길림에서 중국 공안에게 체포, 북송되어 단련대에서 노동을 하다가 6개월 만에 석방되자마자 또다시 탈북했다.

윤송은 은덕 집에서 굶주리고 있는 가족들 때문에 식량을 구해야만 하는 처지라서 재탈북을 할 수밖에 없었다.

그녀는 식량을 구하는 일, 즉 돈을 벌 수만 있다면 무슨 일이라도 할 각오로 연길 시내를 방황하다가 운 좋게 영실의 눈에 띄었다.

영실은 정필이 구입해 준 시내의 아담한 이 층 건물에 한식당을 차리기 위해서 실내외 리모델링을 하는 걸 감독하는 중이었는데 그때 마침 일자리를 찾으러 온 윤송을 발견하고 정필에게 데려왔던 것이다.

1월 13일, 하루 일과를 끝낸 흑천상사 사람들이 김길우네집 거실에 차려진 저녁 밥상에 둘러앉았다.

대련에 가서 한국에서 선희가 보낸 16대의 외제 자동차를 갖고 돌아온 흑천상사 남자 직원 3명도 밥상에 자리를 잡고 앉았다.

이범택 45세, 노장훈 36세, 안지환 28세, 3명은 모두 조선족이고 이범택과 노장훈은 결혼을 해서 아이들이 있으며 제일 어린 안지환은 아직 총각이다.

김길우와 서동원, 그리고 새로 들어온 세 사람의 공통점은 모두 조선족이고 연길 토박이라는 사실이다.

새로 합류한 세 사람은 정필이 탈북자들을 돕는 일을 한다는 사실을 어렴풋이 알고 있지만 매우 호의적이다.

정필은 그들을 채용하기 전에 그들에 대해서 자세히 조사를 했으며 면접을 볼 때도 성격과 인성에 중점을 두었는데 다들 강직하며 순수한 성품들이었다.

그렇지만 정필은 아직까지는 탈북자들에 관한 일은 자신과 김길우, 그리고 이따금 서동원의 도움을 받는 것으로 만족하고 있다.

새로 온 직원들에게는 섭섭한 일이지만 그들을 완전히 믿을 때까지는 탈북자 일은 같이 하지 않을 생각이다. 이 일은 철저한 보안이 가장 중요하다.

"자, 어서 먹기요."

주방에 있던 영실이 서른이 갓 넘어 보이는 여자와 함께 마지막 요리를 갖고 와서 밥상에 내려놓았다.

영실은 오늘 여자 한 명을 데리고 와서 저녁 밥상을 그녀와 같이 차렸다.

정필은 이틀 전에 탈북 브로커를 통해서 5명의 탈북녀를 넘겨받아 영실네 아파트에서 생활하도록 했는데 영실이 그중 한 여자를 이리 데려온 것이다.

"정필 씨, 소영(素英) 씨가 아조 요리를 잘 하꼬마이."

영실은 정필 왼쪽에 앉으면서 자신과 정필 사이에 소영이라는 여자를 앉혔다.

정필과 김길우는 이틀 전에 탈북 브로커에게 탈북녀 5명을 넘겨받을 때 소영을 봤기 때문에 안면이 있다.

"소영 씨는 수줍음이 많아서 그러지, 성격도 차분하고 부지런한 데다 요리를 잘하니끼니 여기서 집안 살림하면서리 정필 씨 뒷바라지시키면 어떨까 하는데 정필 씨 생각은 어떻슴둥?"

영실이 정필에게 소개시키려고 그의 옆에 앉혀놨더니 소영은 고개도 들지 못한 채 목덜미까지 붉게 물들어서 전전긍긍이다.

"그렇게 하지요."

영실이 소영의 팔을 툭 쳤다.

"소영 씨, 정필 씨한테 제대로 인사하기요."

"아……."

소영은 깜짝 놀랐다가 고개도 들지 못하고 기어드는 목소리로 겨우 말했다.

"소… 소영임다……."

"성이 '소'고 이름이 외자인 '영'이요?"

새로 들어온 직원 중에 중간 나이인 36살의 노장훈이 빙그레 웃으면서 넌지시 묻자 소영은 더욱 당황하여 고개를 더 깊이 숙였다.

"도… 도(都)감다."

"도 씨요? 그럼 도소영이꼬마."

"네……."

정필이 젓가락을 들었다.

"밥 먹읍시다."

송이를 빼곤 다들 정필보다 연장자지만 그가 젓가락을 들자 비로소 수저를 들고 식사를 시작했다.

"그런데 몇 살이오?"

식사를 하면서 노장훈이 또 소영에게 물었다.

제일 나이 많은 이범택과 나이 적은 안지환은 말수가 적고 수더분한 데 비해서 노장훈은 말이 많고 잘 웃으며 농담을 잘하는 편이라서 사람들을 자주 웃게 만들었다.

"31살임다."

"결혼은 했소?"

"……."

아직 한 젓가락질도 못 하고 있는 소영은 노장훈의 계속된 질문에 아예 젓가락을 쥔 손을 무릎에 얹고 말았다.

"노장훈 씨."

"아… 결혼했는가고 묻는 거이 잘못이오?"

영실이 그만하라는 듯 입을 열자 노장훈은 싱글벙글 웃으면서 지려고 들지 않았다.

"이자 같은 식구가 됐는데 서로에 대해서리 자세히 아는 거이 당연하지 않슴? 제 말이 틀림까 터터우?"

노장훈의 말에 정필은 빙그레 미소만 지을 뿐 묵묵히 식사를 했다.

그는 직원들끼리의 대화에 끼어들어 이래라 저래라 하는 성격이 아니다.

딩동~ 딩딩~ 동동동~ 딩동~

그때 현관에서 계속 이어지는 그러면서도 촐싹거리는 벨소리가 들리자 영실이 반색하며 발딱 일어섰다.

"다혜 왔꼬마!"

방금 그 벨소리는 다혜만의 독특한 암호다.

"영실 언니! 나 보고 싶었어요?"

"하이고! 우리 다혜, 어케 인자 오는 거이야?"

만난 지 며칠밖에 되지 않은 영실과 다혜는 현관문을 닫자마자 몇 년 헤어졌다가 다시 만난 이산가족처럼 서로 얼싸안고 난리가 났다.

다혜는 한국에서 오던 날부터 김길우네 집에 방 하나를 꿰어 차고 떡하니 들어앉아 자기도 한 식구입네 행세를 하고 있는 중이다.

"다녀왔습니다!"

다혜는 영실의 손을 잡고 거실의 밥상으로 오면서 씩씩하게 인사했다.

"늦었슴다."

김길우가 밥을 먹다 말고 일어나서 다혜에게 꾸벅 고개를 숙이자 정필을 제외한 모든 사람이 우르르 일어나 굽실거렸다.

김길우는 정필과 함께 장춘에 위엔씬을 만나러 갔을 때 다혜의 활약상을 눈으로 똑똑히 봤기 때문에 마음으로부터 존경심이 생겨났다.

그런데다 지난번 김낙현과 청강호 등과 함께 술을 마실 때 김낙현이 휴대폰 전화를 받고 나갔다가 들어오면서 다혜를 데리고 들어온 것이나, 정필과 김낙현, 그녀와의 대화를 들어봤을 때 아무래도 그녀가 대한민국 안기부 요원인 것만 같다는 생각이 들었다.

김길우의 아내 이연화와 아들 준태가 안기부에 있는 것도 그렇지만, 다혜가 대한민국 안기부 요원이라면 절대로 함부로 대할 수 없는 것이다.

정필 오른쪽에 앉았던 김길우가 밥그릇을 옆으로 밀면서 다혜의 자리를 만들어주었다.

"앉으십시오."

모두 자리에 다시 앉아서 식사를 할 때 정필이 영실에게 물었다.

"누님, 술 있습니까?"

"있다마다! 무슨 술 주까이?"

정필은 장춘 위엔씬의 별장 화장실에서 대화중에 갑자기 사라진 은애 때문에 그날 이후 얼굴에서 웃음이 사라졌으며,

매일 밤 술을 마시지 않으면 잠이 오지 않을 정도로 괴로워하고 있다.

"아무거나 괜찮습니다."

"알았다이. 내 후딱 갯고 오꼬마이."

앉았던 영실이 일어나려고 하자 밥을 한 숟가락 입에 넣고 씹던 다혜가 손을 들면서 맞은편에 다소곳이 앉아 있는 송이를 불렀다.

"송아, 큰언니 술 가지러 가신다."

"네?"

"이런 잔심부름은 막내가 빠릿빠릿하게 움직여야지 큰 언니께서 하랴?"

"아… 네."

송이는 발딱 일어나서 주방으로 달려갔다. 그녀는 게으름을 부리려는 게 아니라 몰라서 가만히 있었던 것이다.

다혜는 이 집 식구들하고 사나흘, 그것도 밤에만 잠깐 얼굴을 보는 사이인데도 벌써 군기반장이 되었다.

다혜가 제육볶음을 상추에 싸서 입에 쑤셔 넣고 씹으면서 불투명한 소리로 송이에게 외쳤다.

"아으… 파이어으 마우아……."

"네?"

주방에 막 들어가려던 송이가 무슨 말인지 못 알아듣고 뒤돌아보았다.

정필이 젓가락질을 하면서 태연하게 해석해 주었다.

"하이얼 맥주 갖다달란다."

"네."

모두들 놀라는 표정으로 다혜를 쳐다보았다. 그 누구도 다혜의 말을 알아듣지 못했기 때문에 정필의 말이 맞느냐고 그녀에게 표정으로 묻고 있는 것이다.

다혜는 씹던 것을 제대로 씹지도 않고서 눈을 부릅뜬 채 꿀꺽 삼키더니 정필의 궁둥이를 냅다 두드렸다.

탁탁탁탁!

"아유! 내가 그렇게 말해도 다 알아듣다니! 이제 내 사람 다 됐네요! 정필 씨!"

여기에 있는 사람들 중에서 감히 정필의 궁둥이를 먼지가 나도록 두드릴 만한 배짱을 갖고 있는 사람은 아무도 없다. 영실이 술에 만취했다면 모를까 제정신이 아니고서야 그럴 리가 없다.

그런데도 정필은 개의치 않고 묵묵히 밥을 먹었다. 다혜의 만용을 용서하는 게 아니라 여러 사람이 있는 곳에서 왈가왈부하고 싶지 않기 때문이다.

다혜가 무조건 예쁘기만 한 영실이 그녀를 보고 웃었다.

"그거이 함북 말로 '뭉개 말하면 폭캐 듣는다'고 하는 거이 앙이겠니?"

"그게 무슨 뜻이야, 언니?"

김길우가 설명했다.

"대충 말해도 잘 알아서 새겨듣는다는 뜻임다."

"아아……."

저녁 식사가 술자리로 이어졌다.

은애의 실종 때문에 기분이 우울한 정필이 식사를 마친 후에도 일어나지 않고 술을 마시는 것을 보고 김길우가 내친김에 새 식구 환영회를 하자고 제안했다.

그러고 보니까 흑천상사에 새 식구가 들어오고 나서 처음 갖는 술자리다.

정필은 술이 취하기 전에 마음을 정리했다. 은애를 걱정하고 그리워하는 것은 혼자 있을 때 할 일이고, 지금은 현실을 직시해야 할 때다. 그가 계속 우울한 모습으로 있으면 다른 사람들이 불편할 것이다.

"저……."

아까부터 왠지 좌불안석하면서 눈치를 살피고 있던 새 식구 소영이 간신히 입을 뗐다.

"시… 키실 일 있으면 저한테 시키시기요."

사람들이 쳐다보자 소영은 얼굴이 빨개져서 송이를 가리키며 더듬거렸다.

"저… 사람 시키지 말고 저를 시키는 거이 맞슴다."

다혜가 거품이 가득한 맥주잔을 들고 짐짓 점잖은 얼굴을 하고는 고개를 끄떡였다.

"흠, 무슨 말인지 알겠어요."

그녀는 송이와 소영을 번갈아 턱으로 가리켰다.

"쟤는 흑천상사 경리고 자기는 이 집 안주인이니까 집안일 은 자기한테 시키라는 거 아닐까?"

소영은 고개를 끄떡였다.

"마… 맞슴다."

영실이 확인에 나섰다.

"정필 씨, 소영이 집안 살림 시킬 거임둥?"

"그러죠."

"그러면 앞으로 집안일은 소영이에게 시킵세. 그래야 월급 을 받아도 떳떳하지 앙이 함매?"

정필과 김길우는 소영을 물끄러미 쳐다보았다. 탈북녀들은 대부분 대한민국행을 택하는데 소영에게 월급을 줘가면서까 지 일을 시킨다는 것은 대한민국에 가지 않는다는 뜻이기 때 문이다.

"소영인 대한민국에 못 간다이."

소영이 고개를 푹 숙이는 걸 보고 영실이 안타깝다는 듯

등을 토닥이고는 설명을 했다.

"소영이 지난번에 북송됐을 때 남편하고 5살짜리 아들하고 같이 온성 남양보위부에서 고문을 당했다는데… 그때 남편이 마당에서 보위요원들에게 맞아죽었다고…….."

"흐윽!"

영실이 말을 끝내기도 전에 소영이 두 손으로 얼굴을 가리면서 울음을 터뜨렸다.

착한 영실도 눈물을 흘리면서 말을 이었다.

"소영이가 중국 돈을 몸에 감춰갯고 북송됐다가 들켜서리 매를 맞는데 그거를 남편이 감싸다가 보위요원 화를 돋구었다고 앙이 했슴매."

"으흐응… 허으윽……!"

그 당시 기억이 떠올랐는지 슬퍼서 어쩔 줄 모르고 상체를 이리저리 흔들면서 울어대는 소영을 옆에 앉은 정필이 가만히 팔을 뻗어 안아주자 그대로 그의 품에 쓰러지면서 실성한 것처럼 울었다.

"소영이하고 아들이 보는 앞에서 남편이 보위요원들한테 몽둥이로 두들겨 맞아서 죽었다이 어찌 그리 끔찍한 일이 다 있슴매? 어휴……."

소영의 말을 듣고 아무도 입을 열지 못했다. 송이는 어깨를 들먹이면서 흐득거리며 울었고, 남자들은 굵은 눈물을 뚝뚝 흘렸다.

"죽일 놈의 새끼들……."

다혜는 눈물을 글썽이면서 욕을 하고는 맥주를 벌컥벌컥
들이켰다.

정필은 성난 표정으로 어금니를 악물고 안고 있는 소영의
등만 쓰다듬었다.

입이 백 개, 천 개가 있다고 해도 소영을 뭐라고 위로할 말
이 생각나지 않았다.

그녀와 아들이 보는 앞에서 몰매를 맞아 죽은 남편에 대해
서 도대체 뭐라고 위로를 한다는 말인가.

소영은 피투성이가 돼서 죽은 남편을 붙잡고 오열하다가 정
신을 잃었다고 한다.

그녀가 다시 깨어났을 때는 남편도, 아들의 모습도 보이지
않았다.

같이 북송됐던 사람들 말에 의하면 보위요원들이 남편 시
체는 거적에 둘둘 말아서 내다버렸다는 것이고, 아들은 어디
론가 데려갔다고 했다.

나중에 보위요원들이 말해주기를 아들은 남편의 형, 즉 큰
아버지네 집으로 보냈다는 것이다.

소영은 남편을 잃은 슬픔 중에도 아들이 무사히 큰아버지
에게 맡겨져서 다행이라고 생각했다.

이후 보위부가 조사하는 과정에서 소영이 다른 목적이 아니라 굶주림 때문에 단순 탈북했었다는 결론이 나서 6개월 동안 단련대 생활을 마치고 나와 아들이 있는 큰아버지 댁으로 찾아갔었다.

그러나 큰아버지 댁은 아무도 살지 않는 폐가로 변해 있었다. 이웃 사람은 큰아버지 댁 식구들이 하나둘 굶어죽다가 끝내는 눈물매대를 하고서 각자 살길을 찾아서 뿔뿔이 흩어졌다고 전해주었다.

소영은 아들을 찾으려고 큰아버지 댁 주변과 자신들이 살던 마을 주변을 실성한 사람처럼 헤매면서 돌아다녔으나 끝내 찾지 못했다.

그녀는 북한에 계속 있다가는 자신마저도 굶거나 추위에 얼어 죽을 것 같아서 탈북했다가 정필에 의해서 영실네 아파트에 오게 된 것이다.

처음에는 미친 사람처럼 발버둥을 치고 몸을 흔들면서 울어대던 소영이었으나 영실이 설명을 끝낼 때쯤에는 정필의 품에서 간헐적으로 움찔움찔 몸을 떨며 나직하게 흐느꼈다. 슬픔이 사라진 것이 아니라 다시 원래 있었던 가슴 깊은 곳으로 가라앉은 것이다.

정필은 부드럽게 소영의 머리를 쓰다듬었다.

"아들 이름이 뭡니까?"

"흐으응… 철민입다… 한철민……."

소영은 정필보다 5살 많지만 그의 품에 안겨 있는 지금 상황에서는 좀 지나친 표현으로 그의 막내 여동생이나 딸이 된 것처럼 어리광과 투정을 부리면서 평안함을 느꼈다.

정필은 다른 사람들이 갖고 있지 않은 특별한 능력을 지니고 있었다.

대부분의 탈북자들, 그중에서도 여자들이 특히 그의 보호 안에서 절대적인 믿음과 맹종을 느꼈다.

정필은 소영의 머리를 쓰다듬는 손을 멈추지 않았다.

"철민이가 어디에서든 살아 있다면 내가 반드시 찾아서 데려오겠습니다."

소영이 울음을 뚝 그치고 부스스 얼굴을 들었다. 그녀는 정필에게 안긴 상태에서 눈물과 콧물 범벅인 얼굴로 그를 바라보았다.

"참말임까? 참말 우리 철민이를 찾아주겠슴까?"

슥―

정필은 커다란 손으로 깡마른 얼굴에 범벅인 눈물과 콧물을 닦아주었다.

"살아 있다면 꼭 찾아서 소영 씨에게 데려다 주겠습니다."

"으흐응……."

소영은 정필 가슴에 얼굴을 묻고 다시 낮게 흐느꼈다.

김길우와 영실이 거들었다.

"우리 터터우께선 한 번 하신 약속을 반드시 지키시니끼니 두고 보우다."

"소영아, 정필 씨는 한다면 꼭 하는 사람이야. 니 아들이 죽지만 않았으면 꼭 찾아낼 거이다."

소영은 정필의 품에서 흐느껴 울었다.

"으흑흑……! 부탁하우다… 으흐흥… 우리 아새끼 철민이래 꼭 찾아주기요……."

술자리가 다시 이어졌다.

36살 노장훈이 정말 궁금한 표정을 지으며 고개를 갸웃거리면서 소영에게 물었다.

"중국 돈을 어디다 숨캇는데 들켰단 말이오? 돈만 들키지 앙이 했으면 남편도 죽지 않았을 거 앙이오?"

영실이 고개를 끄떡였다.

"중국에서 몇 달 번 돈이면 북조선에서 몇 년을 버틸 수 있을 거이야. 그거를 잘 감춰갯고 들어갔으면 남편도 아들도 다 무사했을 거이 앙이겠슴둥?"

수줍음을 없애려고 영실이 거의 강제로 마시게 한 몇 잔 술에 얼굴이 빨개진 소영이 술잔을 만지작거리면서 착잡한 표정을 지었다.

"몸에다 숨캤슴다."

"검사할 때 홀딱 벗기지 않소? 보위부가 에미나이들이라고 봐주진 앙이 할 텐데?"

"여자들 줄 세워놓고서리 다 벗김다."

"그런데 돈을 어디다 숨캤단 말이오? 발가벗은 몸뚱이에 주머니가 있는 것도 앙이고……."

사람들이 호기심 어린 표정으로 자신을 빤히 쳐다보자 소영은 머뭇거리다가 겨우 대답했다.

"저는 중국에서 공장에 다닐 때 북조선 여자들하고 친해졌다는 말임다. 그 여자들이 말하기를 만약 공안에게 붙잡히면 돈을 몸에 감추라고 갈켜 줬단 말임다."

영실이 독한 백주를 따라주자 소영은 그걸 단숨에 마시고 나서 말을 이었다.

"중국 돈을 비닐 방막 쪼가리에 꽁꽁 싸서리 몸속에 깊이 감춤다."

"몸속에? 뱃속에 감춘단 말이오?"

소영은 고개를 끄떡였다.

"뱃속에 감추기도 하고… 여자들 거기에 넣기도 함다."

"거기라는 거이 에미나이 사타구니 속에 말이오?"

"네. 돌돌 말아서리 그 안에 깊이 넣으면 여간해서는 흘러나오지 않슴다."

"하아……."

여기저기에서 탄식이 흘러나왔다. 음탕하다기보다는 그렇게라도 해서 중국 돈을 감추어 들어가려는 북한 여자들의 절박함이 기가 막혔다.

"그리고 비니루에 꽁꽁 싼 돈을 입에 넣고 삼키기도 함다. 저는 돈을 나눠서 거기에다 넣고 또 절반은 먹었다가 들킨 거임다. 다 합치면 350위안이었는데……."

"뱃속에 있는 거를 어케 찾아냈다는 말이오?"

이야기가 노골적이면서도 참담한 쪽으로 흘러가자 다들 말도 안 된다는 표정을 지었다.

"먹은 건 시간이 지나면 똥으로 나오게 돼 있어요."

조금 취한 다혜가 이맛살을 잔뜩 찌푸린 채 빈 컵에 맥주를 부으며 중얼거렸다.

"그렇슴다. 중국공안은 몸수색 같은 거이 앙이 하기 때문에 여자들은 도문변방대에서 북조선으로 북송되기 전날에 돈 싼 비니루를 거기에 감추고 또 먹슴다."

짓궂은 질문만 하던 노장훈도 이쯤 되니까 오만상을 찌푸리며 말했다.

"그러면 똥을 누게 해서리 찾아낸다는 말이오?"

"여자들을 발가벗겨서 음부를 다 뒤진다는 말임다. 그 안에 돈 봉투가 있는 거이 분명한데도 잘 나오지 앙이 하면 꼬

챙이로 쑤시기도 함다. 그러면 여자들이 거기가 찢어져서 피
도 흘리고……."

사람들은 얼굴을 찌푸리며 진저리를 쳤다.

"그 다음에는 여자들을 발가벗겨서리 일렬로 앉혀놓고 변
을 보게 한다는 말임다. 똥이 나오지 앙이 하면 보위요원들이
여자들 배를 걷어차고 눕혀놓고는 발로 짓밟는다는 말임다.
그렇게 해서리 똥이 나오면 그걸 뒤져서 돈 봉투를 찾아낸다
는 말임다."

"하아……."

"몇 날 며칠이고 감시를 하면서리 똥을 누게 하면 먹었던 거
를 다 싼다는 말임다. 저는 글케 해서리 먹었던 돈을 들켰슴다."

그 상황에서 남편이 두들겨 맞는 소영을 감싸다가 대신 몰
매를 맞고 죽은 것이다.

북송된 여자들이 발가벗고 일렬로 앉아서 대변을 보고 또
그것을 보위요원들이 지켜보고 또 싼 똥을 헤집어본다는 상
상을 하니까 다들 어이가 없다는 얼굴로 술이나 요리에는 손
도 대지 않았다.

아니, 한 사람 다혜만은 별것 아니라는 듯 부지런히 맥주와
요리를 먹어댔다.

*   *   *

띠리리리~ 띠리리리~

정필의 손목시계 알람이 새벽 4시에 울렸다.

정필은 침대에서 내려와 소변을 보고 나서 냉수를 마시러 주방으로 걸어갔다. 그는 매일 아침에 빈속에 냉수 한 컵을 마시는 게 습관이 되었다.

그런데 주방에 불이 켜 있으며 누군가 요리를 하는 소리가 들렸다.

정필이 가보니까 뜻밖에 싱크대 앞에 서서 칼질을 하고 있는 소영의 뒷모습이 보였다.

정필은 아무 생각 없이 소영 옆의 선반에서 유리컵 하나를 집어 들었다.

달그락…….

그 소리에 소영이 고개를 돌리다가 팬티 차림의 커다란 정필이 서 있는 걸 발견하고는 소스라치게 놀라 쥐고 있던 칼을 놓치면서 그 자리에 주저앉았다.

"에구머니……."

그런데 그녀가 놓친 칼이 꼿꼿하게 세워진 상태로 주저앉아 있는 그녀에게 떨어지고 있다. 그대로 두면 하체를 찌르거나 벨 것이다.

탁!

아주 짧은 순간에 정필이 재빨리 손을 뻗어 칼자루를 잡아 도마 옆에 내려놓았다.

"아아… 사장님……."

소영은 불쑥 나타난 사람이 정필인 것을 알고는 안도의 표정을 지었으나 다리에 힘이 풀려서 일어나지 못했다.

정필은 컵을 놓고 두 손으로 소영의 양쪽 어깨를 잡고는 번쩍 일으켜 주었다.

"아……."

집 안에 난방이 잘 돼서 얇은 흰색 티셔츠에 긴 치마를 입은 소영의 젖가슴이 심하게 출렁거려서 정필의 시선이 자신도 모르게 그곳으로 향했다.

자다가 일어나서인지 아니면 이렇게 이른 시간에 자기 외에는 아무도 일어나지 않았을 것이라고 생각했는지 소영은 브래지어를 하지 않았고 아주 크고 탱탱한 젖가슴과 유두가 반투명한 흰 티셔츠에 고스란히 내비쳤다.

소영은 정필의 시선을 따라서 자신의 가슴을 내려다보다가 화들짝 놀라 급히 두 손으로 가렸다.

"옴마야……. 이거이 으짜나……."

"아… 미안합니다."

정필은 당황하여 얼른 돌아서서 정수기에서 물을 받아 마시는데 소영은 다시 싱크대에 서서 칼질을 하기 시작했다.

정필이 옆에 서서 물었다.

"그런데 새벽에 뭘 하는 겁니까?"

탁탁탁탁······.

"아침 식사 준비하고 있습다."

소영은 정필을 쳐다보지 않고 칼질을 하며 대답했다.

"영실 언니가 사장님께서 6시면 일어나신다고 해서리 서둘러 준비하는 겁다."

정필이 옆에 서서 보니까 소영이 칼질을 할 때마다 커다란 유방이 좌우로 출렁거리는 게 보여서 얼른 뒤로 물러나면서 말했다.

"나는 지금 나가야 하니까 소영 씨는 들어가서 조금 더 자도록 하십시오."

칼질을 멈춘 소영이 찰싹 달라붙은 삼각팬티만 입은 채 주방을 나가고 있는 정필의 뒷모습을 보며 물었다.

"어딜 가십니까?"

"무산에 다녀올 겁니다."

"아······."

소영이 깜짝 놀라면서 얼굴에 복잡한 표정이 떠올랐다.

"저희 집이 무산임다."

정필이 돌아섰다.

"그렇습니까?"

소영의 얼굴에 아련함이 떠올랐다.

"중국 쪽 강 건너에서 바라보면 저희 집이 보임다."

새벽 4시 20분쯤 캄캄한 연길 시내를 벗어나는 레인지로버에는 정필과 소영이 타고 있다.

소영이 무산의 자기 집이 보고 싶다고 해서 정필이 같이 가자고 했더니 그녀가 두말 않고 따라나섰다.

정필은 혹시 예전에 그랬던 것처럼 무산 북한 쪽 강가에 은애가 쪼그리고 앉아서 울고 있을지도 모른다는 생각에 가보려는 것이다.

다혜는 자기가 정필의 그림자라고 자처하지만 설마 그가 말도 없이 새벽 4시에 외출을 할 거라고는 예상하지 못했을 것이다.

영실은 자신의 아파트에 탈북녀 4명이 있기 때문에 어젯밤 늦게 택시를 타고 집으로 돌아갔다.

소영이 아침밥을 해두지 않고 나와서 걱정했지만 정필이 괜찮다고 다독거렸다.

김길우와 다혜가 어쩌다가 아침 한 끼 정도 사먹는 것도 나쁘지는 않을 것이다.

연길에서 무산까지는 따로 고속도로가 없는 2차선 지방 도로이며 편도 125㎞의 거리이지만 대부분 험하고 구불구불한

산악 도로이기 때문에 속도를 낼 수가 없어서 빨라도 2시간 정도 걸린다.

"조은애라고 압니까?"

"모릅다."

정필이 묻자 조수석에 다소곳이 앉은 소영이 고개를 가로 저었다.

"그 사람이 누굼까?"

"무산에 사는 23살 아니, 이제 24살이 됐군요. 하여튼 무산에 살았던 여자입니다."

"네……."

정필은 조수석 도어 포켓에 들어 있는 보온병을 가리켰다.

"커피 마십시다."

소영이 보온병을 집어 들고 이리저리 보면서 곤란한 표정을 지었다. 보온병이라는 것을 생전 처음 보기 때문이다.

"이거이 어케 함까?"

정필은 도로변에 차를 세우고 도어 포켓에 들어 있는 휴대용 컵 2개를 꺼내 컵 홀더에 꽂고 아까 자신이 직접 내린 보온병의 원두커피를 따랐다.

"드십시오."

정필은 휴대용 컵 하나를 소영에게 건넸다.

"뜨거우니까 조심하세요."

영실이 사준 두툼한 파카와 기모가 들어간 따뜻한 바지를 입은 소영은 후후 불어가면서 커피를 한 모금 마시더니 얼굴을 찌푸렸다.

"우야… 맛이 아조 씀다."

"그래도 자꾸 마시다보면 구수합니다."

정필의 말에 그때부터 소영은 커피가 써서 얼굴을 찌푸리면서도 아무 말 하지 않고 묵묵히 마셨다. 정필이 보기에 소영은 순종적인 성격인 듯했다.

정필은 원두커피를 매우 좋아한다. 대학 시절부터 마시기 시작한 원두커피가 이제는 카페인 중독 단계까지 돼버려서 처음에 연길에 왔을 때는 원두커피를 마시지 못해 꽤나 고생을 했었다.

그래서 이번에 한국에 갔다가 돌아오는 길에는 아예 원두커피를 직접 내리는 커피 메이커와 갈지 않은 원두커피 여러 종류를 한 보따리 싸들고 왔다.

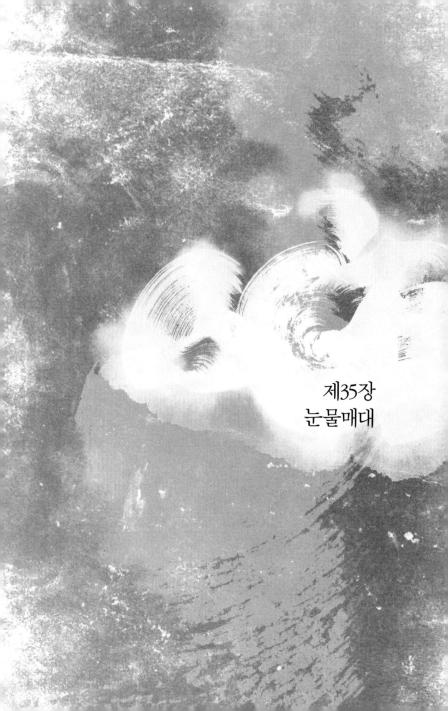

제35장
눈물매대

끽―

레인지로버는 새벽 6시 10분쯤 무산이 한눈에 바라보이는 언덕 아래의 정필이 늘 차를 대는 곳에 도착했다.

"차에서 기다려요."

정필이 그렇게 말하고 내리려는데 소영이 급히 말했다.

"같이 가면 안 됨까?"

정필은 잠시 그녀를 바라보다가 고개를 끄떡였다.

"갑시다."

정필이 앞서고 소영이 뒤따라 수북하게 눈 쌓인 언덕을 천천히 내려갔다.

언제나 그랬던 것처럼 강 건너 무산읍은 불 한 점 없는 어둠의 세계라서 소영은 자기가 살던 집을 보려면 동이 틀 때까지 기다려야만 한다.

"앗!"

그때 뒤따르던 소영이 미끄러지면서 급히 두 손으로 정필을 붙잡고서야 넘어지는 것을 모면했다.

며칠 간격으로 눈이 오고 그것이 쌓여 얼어붙어서 언덕은 빙판이나 다름없이 매우 미끄러웠다.

정필이 손을 내밀자 소영이 기다렸다는 듯이 잡았다. 정필은 등산화를 신었기 때문에 언덕을 내려가기가 수월했다.

조각달이 구름에 가려질 때는 어둡고, 구름에서 벗어날 때는 주위의 경물이 흐릿하게 보였다.

이윽고 강가에 도착해서 멈춰선 정필은 강 건너를 뚫어지게 주시했지만 너무 어두워서 설사 저기에 은애가 앉아 있다고 해도 여기에서는 보이지 않을 것 같았다.

여전히 정필의 손을 꼭 잡은 채 옆에 나란히 서 있는 소영은 정필을 한 번 쳐다보고 나서 그가 주시하고 있는 강 건너를 바라보았다.

소영은 정필이 어째서 이른 새벽에 여기까지 왔는지 궁금했다. 어쩌면 탈북하는 사람들을 데리러 왔을지도 모른다고 생각했다.

정필이 탈북자들을 돕는다는 것은 그가 소영을 비롯한 5명의 탈북녀를 브로커에게서 돈을 주고 샀을 때 직접 겪기도 했었고 영실에게 들어서 알고 있다.

정필이 강 건너에서 시선을 거두고 소영을 쳐다보았다.

"나는 잠시 강 건너에 갔다가 올 겁니다."

소영은 깜짝 놀랐다.

"저… 긴 북조선임다. 개안겠슴까?"

"괜찮습니다. 여기에서 기다리십시오."

"저는……."

소영이 주위를 두리번거렸다.

"무섭습니까?"

그런데 뜻밖에 소영이 고개를 가로저었다.

"무섭진 않습니다. 길티만 혼자 있는 거이 싫슴다."

"그럼 같이 갑시다."

두 사람은 손을 잡고 꽁꽁 언 두만강 위를 어둠을 헤치면서 북한 쪽으로 나아갔다.

정필이 소영을 쳐다보는데 마침 그를 쳐다보다가 눈이 마주친 그녀가 배시시 미소를 지었다.

157~8㎝ 정도의 아담한 키에 모자를 눌러쓰고 동그란 얼굴에 눈이 크고 입이 조그만 그녀가 미소 짓는 모습은 마치

어린 소녀처럼 귀여웠으며 실제로도 매우 동안이라서 31살의
아줌마라고는 여겨지지 않았다.

"그런데 눈물매대라는 게 뭡니까?"

어제 영실이 소영에 대해서 설명할 때, 소영의 큰집 식구들
이 눈물매대라는 걸 하고는 각자 뿔뿔이 흩어졌다고 했는데
정필은 그게 무슨 말인지 궁금했었다.

"북조선 사람들은 먹을 거이 없으니끼니 집안의 물건들을
하다못해서 이불이나 그릇까지도 장마당에 하나씩 내다팔아
서 먹고 산다는 말임다."

정필은 전방을 주시하면서 천천히 걸었다.

"그러다가 나중에 막바지에 몰리면 집안의 돈이 될 만한 물
건들을 온 식구가 죄다 장마당에 갯고 나가서리 판다는 말임
다. 그러고는 거기서 그날 판 돈을 식구들이 똑같이 나눠갯
고 자기들 갈 곳으로 뿔뿔이 흩어지는 검다. 피를 나눈 부모
와 자식들이 그렇게 헤어지니끼니 서로 붙잡고 통곡을 한다
는 말임다. 그래서 그거이 눈물매대라고 함다……."

정필은 놀라서 소영을 쳐다보았다. 그녀가 말하는 것은 눈
물의 매대(賣臺)라는 뜻이다.

정필은 자기가 뭘 잘못 들었나 하는 생각이 들었다.

부모, 형제, 자식들이 그런 식으로 기약도 없이 뿔뿔이 흩
어진다는 것은 상식적으로 도저히 이해가 되지 않았다. 굶주

림이라는 것이 얼마나 무서운지는 몰라도 정필이라면 절대 그러지 않을 것 같았다.

"사람들이 장마당에 온 가족이 다 나와서 울면서 서 있는 걸 보면은 아! 저 집은 오늘 눈물매대하는구나, 하고 생각한다는 말입다. 기래서 사람들도 될 수 있으면 그 집 물건을 팔아주려고 함다. 길티만 저희는 팔 물건도 없어서 눈물매대도 못 했슴다."

"가족이 그렇게 헤어지면 언제 다시 만납니까?"

정필은 설마 그렇게 영원히 헤어지는 것은 아닐 거라고 마음속으로 간절하게 생각했다.

그러나 소영은 어림도 없다는 표정을 지었다.

"만나지 못함다. 구걸하거나 무슨 일이라도 해서 연명하자면 둘보다는 혼자가 유리함다. 우리 북조선에는 '구걸은 혼자 가야 한다'라는 말이 있슴다. 기니끼니 부모라고 해도 열 살 넘은 자식들은 등을 떠밀어 보냄다. 같이 있으면 모두 죽으니끼니 어데 가서 구걸해서라도 목숨을 붙이고 있으라고 내쫓슴다. 그리고 그기 현명한 방법임다. 죽든지, 살든지 다 자기들 몫이 되는 검다."

정필은 기가 막혀서 할 말을 잃었다.

"그러다가 거리에서나 장마당에서 우연히 가족을 만나도 서로 얼굴만 뻔히 쳐다보고 그냥 지나침다. 반가워하지도 않슴다. 고조 힐끔 쳐다보고는 '쟤가 아직 살았구나' 하고는 제 갈 길로 감다."

그녀의 말을 듣고 정필의 가슴이 무거워졌다. 오죽하면 식구들이 생이별을 하겠는가. 나라를 구하기 위해서도 아니고, 성공을 이루기 위해서 집을 떠나는 것도 아니라, 그저 다 함께 모여 있으면 굶어죽으니까 흩어져서 제 살길을 찾자는 것이다.

북한에 대해서는 이제 웬만큼 안다고 자부하는 정필로서도 과연 그런 일이 현실 세계에서 존재할 수 있을까 의구심이 들 정도다.

사박사박…….

두 사람은 어느덧 강을 다 건너서 북한 땅에 올라섰다.

정필이 주위를 이리저리 돌아다니면서 찾아봤지만 은애의 모습은 어디에서도 보이지 않았다.

이곳은 이미 두 번이나 정필과 은애가 만났던 곳이므로 은연중에 약속의 장소처럼 돼버렸다. 그러니까 여기에 은애가 없다면 그녀가 여기에도 오지 못할 중대한 신변의 변화가 생겼다는 뜻이다.

소영은 몹시 긴장한 얼굴로 주위를 살피면서 정필에게서 두 걸음 이상 벗어나지 않았다. 이곳이 북한 땅이기 때문에 몹시 긴장한 것이다.

그녀는 지금 이런 상황에서 궁금한 점이 많을 텐데도 정필에게 아무것도 묻지 않았다.

묻지 않고 무조건 따르면 된다는 것이 순종적인 여자들의 전형적인 모습이다.

이윽고 정필은 강 위로 올라서 중국 쪽으로 걸어가다가 뚝 걸음을 멈추고 시간을 확인하고는 주머니에서 휴대폰을 꺼내서 저만치 강둑 위의 국경 경비대 초소를 응시하면서 번호를 눌렀다.

혹시나 해서 석철에게 걸어보는 것이다. 이른 시간이기는 하지만 여기까지 와서 석철의 얼굴을 보지 않고 간다는 게 조금 서운했다.

평상시에는 휴대폰을 꺼두거나 진동으로 놔두라고 가르쳐 주었기 때문에 석철하고 통화를 못 할 가능성이 크다.

역시 신호가 10번쯤 가는데도 석철이 받지 않아서 정필이 전화를 끊으려는데 신호음이 뚝 끊어졌다.

"정필이니?"

뜻밖에 석철이가 잠이 덜 깬 목소리로 전화를 받았다.

"그래. 내가 잠 깨웠니?"

"일 없다이. 정필이, 너 어디에 있니?"

"니네 초소 앞이다."

"뭐이야?"

석철이 고함을 버럭 질렀다.

"정필아! 너 고기 잠깐만 있어라! 내래 고조 후딱 달려갈끼 니까이!"

정필은 대한민국 초소 같지 않고 작은 집처럼 제법 큼직한 북한의 초소를 쳐다보았다. 석철의 말로는 북한 국경 경비대 초소 안은 작은 살림집 같아서 밥도 해먹고 잠도 잘 수 있다고 했었다.

후딱 달려온다고 한 석철은 15분이 지나서야 나타났다. 그것도 초소에서 나온 것이 아니라 반대편 무산읍 쪽에서 달려왔다.

"야아! 정필아! 너래 많이 기다렸니? 무산읍에서 쉬지 않고 달려온 거이야!"

북한 땅에서 어슬렁거리기가 뭐해서 강 중간쯤에 서 있는 정필과 소영에게 석철이 헐떡거리면서 달려오며 변명을 늘어놓았다.

그런데 석철은 늘 봐온 군복이 아니라 사복 차림이다. 두툼한 털옷 점퍼와 모직 바지에 구두까지 신었다.

그 모습 그대로 연길에 내다놔도 손색이 없을 듯한 옷차림이다.

정필은 석철의 손을 잡았다.

"시간 있니?"

"아침 8시까지는 괜찮아."

"가서 커피 마시면서 얘기 좀 하자."

"탄내 나는 시커먼 물 말이니?"

"그래."

사박사박······.

세 사람이 언덕 중간의 제법 넓은 공터까지 올라오자 석철이 주위를 두리번거렸다.

"차 어디에 있니?"

레인지로버는 공터의 후미진 오른쪽 우거진 풀숲 가까운 곳에 바짝 붙여서 주차되어 있다. 누가 볼까 봐 그런 것도 있지만 정필의 본능적인 행동이었다.

"여기다."

정필이 차가 있는 쪽으로 가자 석철이 그를 앞질러서 먼저 달려가더니 어두운 카키색의 레인지로버를 발견하고 흥분을 감추지 못했다.

"야아! 이 랜지로바는 언제 봐도 진짜 멋있다야!"

석철은 레인지로버를 '랜지로바'라고 부르면서 오랫동안 못 본 애인을 보듯이 이리저리 둘러보면서 쓰다듬고 감상하며 감탄을 터뜨렸다.

세 사람은 레인지로버 안에 탑승해 정필이 운전석, 석철이 조수석, 그리고 소영이 뒷자리에 앉았다.

"으음… 이거이 맛이 폐릅하다(괴상하다)야……."

석철은 원두커피를 한 모금 마시더니 오만상을 찌푸렸다.

정필이 슬쩍 물었다.

"너 어디에서 자고 오는 길이냐?"

정필의 물음에 석철은 대수롭지 않게 대꾸했다.

"무산읍에 있는 주인집에서 자다가 니 전화 받고서리 곧장 달려오는 거이야."

"주인집?"

석철은 소영을 힐끗 보더니 웃으면서 설명했다.

"내래 작년 말에 하사로 진급하지 않았겠니? 고참이 되니끼 니 고조 무산읍에다가 주인집 하나 잡아놓고서리 가끔씩 그 집에 드나들면서리 밥도 먹고 잠도 자고 그런다야."

정필은 그게 무슨 말인지 선뜻 이해가 되지 않았다. 어떻게 군인의 신분으로 일반 가정집에서 먹고 자고 할 수가 있는지 모를 일이다.

석철이 정필의 어깨를 툭 쳤다.

"정필이, 너 놀라지 마라. 요즘 내래 밀수하는 거이 도와주고 돈 벌고 있어야."

"밀수? 석철이 니가?"

"그래야."

가만히 있던 소영이 거들었다.

"연선의 고참 병사들은 중국하고 북조선 장사꾼들하고 밀수하는 거이 눈감아 주고서리 돈을 아조 많이 번다."

소영은 어젯밤 술자리에서는 수줍어서 말을 못 하더니 이제는 정필하고 좀 친해졌는지 말을 잘했다.

"연선이 뭡니까?"

"연선이 연선이지, 뭡까?"

석철이 설명했다.

"국경을 연선이라고 하지비."

정필이 고개를 끄떡이자 소영은 자신이 알고 있는 얘기를 조심스럽게 꺼내놓았다.

"저는 무산읍 두만강 강가 가까운 곳에 살았는데 말임다. 저의 집 근처에도 밀수를 도와주는 국경 수비대 고참 병사가 드나드는 주인집이 하나 있었습다. 그 집에 예쁘고 젊은 에미나이가 있었는데, 그 집을 드나드는 병사는 그 에미나이하고 살림도 차렸습다."

석철이 멋쩍게 씩 웃었다.

"이 에미나이 잘 아는구만기래. 무산읍에 살았소?"

"예전에 살았습다."

소영은 석철을 힐끗 보더니 정필에게 설명했다.

"국경 수비대의 두만강 목이 좋은 초소의 고참 병사는 고조 군인이 아니라 사업하는 사장님이나 마찬가지입다. 제가 알기로는 잘 나가는 고참 병사는 한 달에 중국 돈으로 5만 위안 이상도 번다고 함다."

석철이 빙긋 웃었다.

"나는 그만큼은 벌지 못하고 3만 위안은 번다."

"그래?"

정필은 꽤 놀랐다. 그는 탈북자 일을 하면서 중국과 북한에 대해서 나름대로 꽤 공부를 했다.

북한의 무역 환율은 북한대외무역은행이 매년 발표하고 있으며, 현재 1달러당 2.13원(은행권 매입 기준)으로 결정되어 있다.

한국의 원화 환율이 1달러당 1,140원임을 감안하면, 북한 원화 1원당 한국 돈 535원인 셈이다.

그렇지만 일반적으로 사회주의 국가는 수출 지향적 정책보다는 수입 대체 공업화 정책을 실시, 유지해 오고 있기 때문에 환율이 적정 환율보다 고평가되어 있으며, 북한의 경우도 마찬가지다.

그래서 제정신을 가진 사람이라면 어느 누구라도 정상적인 방법으로 달러를 북한 원화로 바꾸려고 하지 않는다. 북한 암시장에서는 1달러당 218~230원으로 거래되고 있어서 실제

환율이 무역 환율의 100배 수준이기 때문이다.

중국 위안화는 작년 말까지 1달러당 5.7위안을 고수했었는데 올해 초에 전격적으로 1달러당 8.6위안으로 어마어마하게 평가절하를 단행했다.

석철이 한 달에 번다는 3만 위안은 오늘 시세로 환산한다면 약 3,500달러다.

그걸 현재 북한 암시장에서 거래되는 북한 돈으로 환산하면 약 76만 원이다.

북한 노동자 월급이 30~50원 수준이고 잘 번다고 해도 100원을 넘지 못한다고 하니까, 석철이 한 달에 76만 원을 버는 것은 실로 어마어마한 액수다.

"우리는 돈을 갯고 있지 못하니끼니 달러하고 위안으로 바꿔 갯고서리 주인집에 맡겨 놓는 거이야. 나중에 제대할 때 한몫에 찾아가는 거이지."

석철은 맛이 이상하다고 하던 커피를 후룩후룩 마시면서 말했다.

"그러면 주인집에 매달 얼마씩 돈을 주는 거냐?"

"그러기도 하지만 대부분 주인집은 밀수를 한다는 말이야. 그거를 내가 돈을 앙이 받고 중국에 건네준다 이 말이야. 고거이 누이 좋고 매부 좋은 거이 앙이야?"

석철이 밀수를 도와주고 돈을 번다고 해서 사실 정필은 조금 놀랐다.

"정필아, 밀수라는 거이 나쁜 거 아이다. 사람들이 그거라도 앙이 하면 북조선 사람들 죄다 굶어죽어야."

"알고 있다. 그렇게 해서라도 먹고 살아야지."

"고럼. 장마당 없으면 북조선은 끝장이야."

정필이 고개를 끄떡이다가 조금 전에 소영이 했던 말이 생각이 나서 물었다.

"그럼 석철이 네가 드나드는 주인집에 딸이 있니?"

"어⋯⋯."

정곡을 찔린 듯한 석철은 머쓱해서 머리를 긁적이며 웃었다.

"하하! 있어야. 이자 24살 됐는데 나 제대하면 걔하고 결혼할 생각이야."

"언제 제대하는데?"

"내가 18살에 갔으니까니 이자 꼬박 3년 남았다."

북한 남자는 의무적으로 무조건 10년 동안 군대를 갔다가 와야만 한다.

군대 생활이 힘들다고 탈영을 하거나 중도에 무슨 일이 있어서 제대를 못 하면 평생 인간 대접을 받지 못하고 살아야 한다. 군대 10년을 다녀와야지만 로동당원이 될 수 있기 때문이다.

소영이 한 마디 했다.

"주인집 드나드는 돈 잘 버는 국경 수비대 병사들은 죄다 바람둥이라서 동네 개새끼처럼 여러 여자들 임신만 시키고 다닌다던데 그쪽은 제대하면 주인집 딸하고 결혼한다이 제대로 된 사람인갑소."

"이보오. 그 새끼들하고 나를 비교하지 마오."

석철이 정색을 하더니 정필에게 넌지시 말했다.

"내가 같이 살고 있는 에미나이 말이다. 은애하고 내 동생 선미 친구다이."

"그래?"

"송정화라고 하는데 은애도 알 거이야."

정필은 은애 생각에 가슴이 답답해지려는 것을 떨쳐냈다.

"석철아, 너 무산에 발이 넓니?"

석철은 원두커피를 후룩후룩 마시면서 되물었다.

"내 발 크기 말하는 거니?"

그는 '발이 넓으냐'는 말을 발 크기로 해석했다.

"그게 아니고 무산에 아는 사람이 많으냐는 거다."

"아! 너래 그거이 발이 넓다고 하니? 그래. 내래 무산에서만 살아서리 아는 사람이 많지비."

"그럼 아이 하나 찾아다오."

"아이?"

정필이 소영을 돌아보았다.

"소영 씨, 철민이 사진 같은 거 있습니까?"

"하나 있습다. 집에 갔을 때 갯고 왔습다."

소영은 늘 품속에 지니고 다니는 손바닥 반만 한 크기의 사진을 내밀었다.

"이거이 하나 뿐임다."

탁!

정필은 실내등을 켜고 사진을 들여다보았다. 꼬깃꼬깃한 사진 속에 소영과 남편, 그리고 두 사람 사이 의자에 앉아 있는 어린 철민까지 세 사람이 앙상하고 불안한 눈빛으로 정필을 바라보고 있었다.

"첫 번째 탈북하기 전에 찍은 사진임다."

정필은 사진을 석철에게 건넸다.

"잘 봐둬라."

"이 사진 내한테 주는 거이 앙이니?"

"그 사진 한 장뿐이라는데 네가 가져가면 어떻게 하겠니? 그거 복사해서 나중에 줄 테니까 사진 속의 철민이라는 아이 잘 봐뒀다가 찾아봐라."

"이 꼬마 몇 살이오?"

"이자 6살 됐습다."

"사진으로는 서너 살로 보이오."

"먹지 못해서리 크지 못했습다."

소영의 눈에 금세 눈물이 그렁그렁 고였다. 북한 여느 아이들이 다 그렇듯이 철민이도 하루 한 끼 강냉밥조차 먹이지 못해서 크지 못하고 앙상하게 뼈만 남은 것이 소영의 가슴을 찢어지게 만들었다.

"요기 왼쪽 귀밑에 잉묵(문신)처럼 생긴 손톱만 한 거북이 점이 있슴다."

소영은 철민에 대해서 설명하면서 눈물을 철철 흘렸다.

석철은 한동안 소영의 설명을 들으면서 원두커피를 한 잔 더 마셨다.

첫 잔은 쓰다고 오만상을 썼지만 둘째 잔은 아무 소리 하지 않고 후후 불면서 잘 마셨다.

"아주마이, 이자부터 내가 하는 얘기 들어보기오."

"네."

석철이 사진을 돌려주면서 말문을 열자 소영이 기대하는 듯한 표정으로 그를 바라보았다.

"북조선에서 5살짜리 아이가 눈물매대하고 나서 뿔뿔이 흩어졌다면 열에 아홉은 벌써 굶거나 얼어서 죽었다고 생각해야 하우다. 내 말 알갔소?"

"……."

석철이 냉정하게 말하자 소영은 아무 말도 하지 않고 눈물만 흘렸다.

소영도 그런 생각을 해보지 않은 것이 아니다. 하지만 아들에게 어떤 기적 같은 일이 일어나서 아직까지 살아 있기만 간절히 바랄 뿐이다.

"내래 찾아보기는 하갔소. 길티만 기대하지는 마시오. 무산에 꽃제비 아새끼들이 수천 명이나 되지만 내래 6살짜리는 보지 않이 한 것 같소."

석철은 섣부른 희망을 안겨주느니 냉엄한 현실을 인정하라고 요구했다.

소영은 아무 말도 하지 못하고 울기만 하는데, 정필이 고개를 끄떡였다.

"잘 찾아봐라."

"알았다이."

석철은 커피를 다 마시고 나서 물었다.

"아매하고 선미는 잘 갔니?"

정필은 고개를 끄떡였다.

"그래. 어머니께서 너도 대한민국에 오라고 하셨다."

"내래 여기서 살갔어. 돈도 잘 버는데 뭐, 아매하고 선미가 고향을 버렸는데 나라도 지켜야지 안카서?"

정필은 걱정스럽게 석철을 쳐다보았다.

"그러다가 잘못되면 어쩌려고 그래? 밀수하는 거 돕다가 잘못된 병사도 있지?"

석철은 대수롭지 않다는 듯 빙긋 미소 지었다.

"위에다 뇌물만 잘 멕이면 잘못될 일 한 개도 없다이. 내는 우리 중대장이 찍어놓고 봐주니끼니 제대할 때까지 초소 근무할 거이야."

"잘못될 것 같으면 언제라도 나한테 전화해라."

"알았다."

석철은 정필의 손을 잡았다가 놓고는 레인지로버에서 내려 언덕을 내려갔다.

동이 트자 정필은 레인지로버를 끌고 도로로 올라왔다. 눈이 많이 쌓이고 얼어서 길이 미끄럽지만 레인지로버는 4륜구동의 황제답게 끄떡없이 언덕을 치고 올라왔다.

차가 있던 곳에서는 소영이 살던 집이 보이지 않는다고 해서 도로를 따라 하류 쪽으로 조금 내려갔다.

"저깁다!"

조수석 창에 이마를 붙이고 밖을 내다보던 소영이 한곳을 가리키면서 나직하게 외치자 정필이 차를 세웠다.

그러나 소영이 힘없이 말했다.

"그냥 가기요."

"내려서 보고 가지요."

"아임다. 아무도 없는 빈 집인데 봐서 뭐 함까?"

정필은 소영의 마음을 이해할 수 있었다. 가족이 함께 도란 도란 살던 곳인데, 남편은 보위 요원들에게 매 맞아서 죽고 아들은 잃어버려 생사를 알 길 없으니 옛집을 보면 가슴만 아플 것이다.

정필이 차를 돌려서 무산을 등지고 왔던 길을 되돌아서 달리는데 소영은 두 손으로 얼굴을 가리고 소리 죽여서 흐느껴 울기 시작했다.

"아깨 그 병사 말이 맞슴다. 철민이가 아직까지 살아 있을 리가 없슴다… 으흐윽……!"

소영은 엎드려서 무릎에 얼굴을 파묻고 흐느꼈다.

정필이 생각하기에도 철민이는 살아 있을 가능성이 희박할 것 같았다.

철민이 큰아버지 가족이 눈물매대를 끝으로 뿔뿔이 흩어질 때 누군가 어른이 철민이를 데려갔으면 모르지만 그러지 않았다면 6살, 아니, 그 당시는 5살이었으니까 그 어린 것이 아직 살아 있다면 기적일 것이다.

그러나 자기 한 몸 건사하기도 어려운 판국에 부모도 아닌 큰아버지 가족이 철민이를 끝까지 보호하고 있을 것이라고 기대하는 것은 무리다.

북한을 뒤덮은 최악의 굶주림은 혈육도 끊고 천륜마저도 저버리게 만들고 있다. 그래서 북한은 비정한 동토(凍土)의 땅이 돼버렸다.

한참이 지나도록 소영이 울음을 그치지 않고 엎드려 있지만 정필은 뭐라고 위로할 말이 생각나지 않았다.

그녀가 겪고 있는 슬픔과 절망은 위로한다고 해서 풀리는 것이 아니다.

방법이 하나 있다면 그냥 같이 슬퍼해 주는 것뿐이라는 사실을 정필은 경험으로 잘 알고 있다.

슥—

정필은 손을 뻗어 말없이 소영의 등을 어루만졌고, 그녀가 허리를 펴자 어깨를 쓰다듬었다.

그녀는 눈물을 흘리면서 정필을 바라보았다.

"이자 세상천지에 저한테는 사장님뿐임다. 사장님께서 저를 버리시면 저는 갈 곳 없이 죽을 수밖에 없습다……. 남편 잃고 자식까지 버린 몹쓸 어미지만… 기래도 우리 철민이를 찾을 때까지는 허무하게 죽을 수는 없습다……."

"그런 걱정하지 마세요."

소영은 눈물을 흘리며 정필의 손을 잡아 손등에 자신의 뺨을 비볐다.

"무엇이든 열심히 하갔습다. 사장님께서 죽으라고 하면 죽갔습다. 제발 버리지만 마시라요……."

"그러려면 먼저 할 일이 있습니다."

"그게 뭡까?"

"난 사장이라는 호칭이 듣기 싫습니다. 그러니까 정필이라고 이름을 부르십시오."

"제가 어케 사장님 이름을……."

"내 이름을 부른다면 죽을 때까지 소영 씨를 버리지 않겠습니다."

소영은 깜짝 놀라서 눈물이 가득 고인 눈으로 그를 바라보다가 조심스럽게 더듬거렸다.

"저… 정필 씨……."

"한 번 더."

"정필 씨."

"잘했습니다. 앞으로 그렇게 부르세요."

"고맙습니다……."

"이제부터는 내가 소영 씨 가족입니다. 무슨 일이 있어도 내가 소영 씨를 챙길 겁니다."

"흐으윽……! 고맙습다… 흑흑……!"

소영은 너무 기쁘고 고마워서 정필의 손에 입을 맞추고 뺨을 비비면서 눈물과 침으로 그의 손을 흠뻑 적셔놓았다.

* * *

1월 15일, 밤이 이슥한 9시 무렵.

정필과 다혜는 연길시의 대로를 걷다가 어느 골목 입구에서 걸음을 멈추고 골목 안쪽을 물끄러미 바라보았다.

거기에 지금까지 걸어오면서 본 골목들하고는 사뭇 다른 풍경이 펼쳐져 있었다.

정필과 다혜가 서 있는 입구에서 15m쯤부터 골목 양쪽에 알록달록 요상한 불빛이 일렁거렸다. 주로 붉은 불빛이 골목 양쪽 가게들에서 흘러나오고 있었다.

이 골목은 연길에서도 유명한 사창가다. 예화툰(野花村)이라고 하는데 '예화'는 중국말로 '들에 핀 꽃', 즉 야생화 야화를 뜻하기도 하지만 창녀를 가리키기도 한다. 물론 정필은 여길 오늘 처음 와보았다.

지난 며칠 동안 정필과 다혜, 김길우, 서동원은 박종태의 수첩에 적혀 있는 탈북녀를 34명이나 구했다.

정필과 다혜가 한 팀, 그리고 김길우와 서동원이 한 팀이 되어 연길을 중심으로 반경 500㎞ 이내에 있는 탈북녀들을 샅샅이 뒤져서 찾아낸 사람은 반드시 구해냈으며 성공률 100%다.

정필과 다혜는 무술 고수에 권총과 칼을 능숙하게 다루기 때문에 가장 효과적인 팀 구성은 그들 두 사람이 각자 김길우나 서동원하고 짝을 이루는 것이다.

하지만 다혜가 절대로 정필 곁을 떠나려 하지 않기 때문에 최강 두 사람이 짝이 되고 약체인 김길우와 서동원이 짝이 될 수밖에 없었다.

중국 사내에게 팔려간 탈북녀들을 구하는 과정에서 정필과 다혜는 말이나 돈으로 안 될 때는 폭력을 사용하기도 했지만, 김길우와 서동원은 말과 돈만 사용했으며 위기가 닥치면 무조건 줄행랑을 쳤다.

그런 경우에는 정필과 다혜가 다시 그곳에 가서 여러 방법으로 탈북녀를 구해냈다.

그랬기 때문에 정필과 다혜가 25명을 구할 동안 김길우와 서동원은 9명을 구하는 것에 그쳤다.

"웬만하면 여기에서 기다려요."

"가요."

정필의 말에 다혜는 생각할 것도 없다는 듯 먼저 골목 안으로 성큼성큼 걸어 들어갔다.

정필이 얼른 뒤따라가니까 다혜가 골목 안쪽을 쳐다보면서 물었다.

"어디랬죠?"

목적으로 삼은 사창가 가게 이름을 몰라서 묻는 게 아니다. 한 번 듣거나 본 것은 절대로 잊어버리지 않는 다혜라서 정필은 대답하지 않고 대신 그녀를 앞질러서 걸었다.

정필은 검은 파카에 검은 진을 입었으며 매우 가벼운 등산화를 신었고 검은색 가죽 장갑을 꼈다.

다혜도 정필처럼 위아래 온통 검은 옷을 입었으며 다른 것이 있다면 털모자를 눌러썼다는 것이다. 그래서 긴 머리카락을 감추게 되어 얼핏 보면 남자 같았다.

더구나 그녀는 작전 중에는 화장을 일체 하지 않은 민낯으로 다니기 때문에 말만 하지 않으면 매우 얼굴이 작고 예쁘장한 남자로 보인다.

정필이 찾고 있는 곳은 미미치(秘密妻), '비밀의 아내'라는 간판을 달고 있는 가게다. 그곳에서 오재희라는 21살 여자를 구하는 것이 오늘 밤에 할 일이다.

정필의 목적은 오재희를 구하는 것이지만 여기에 와서 조금 생각을 달리하게 되었다.

이곳에 설마 탈북녀가 오재희 한 명만 있는 게 아닐 것이기 때문이다.

그렇지만 현재로서는 이곳 예화툰에 탈북녀가 몇 명이나 있는지 모른다.

한 가지 분명한 사실이 있다면 그녀들이 추악한 수렁에 빠져 있으므로 모두 구해내야만 한다는 것이다.

골목 양쪽의 가게들 입구는 통유리에 가까운 유리문으로 되어 있어서 안쪽의 광경이 잘 들여다보였다.

정필과 다혜가 지금 쳐다보고 있는 가게 안에는 희미한 붉은 불빛 아래의 복판에 발갛게 열기를 토해내는 스토브가 있으며, 그 주위 의자에 잠옷 같은 울긋불긋한 드레스를 입은 젊은 여자 3명이 앉아서 불을 쬐면서 멀뚱한 얼굴로 밖을 내다보고 있는데 마치 정육점 진열대에 놓여 있는 고기 같은 분위기다.

정필은 한국에서 사창가 근처에도 가보지 않았지만 저 안에서 불을 쬐고 있는 여자들이 창녀일 것이라고 짐작했다.

제36장
꽃을 파는 여자들

 정필과 다혜가 쳐다보자 그녀들은 초점 없는 멍한 눈빛으로 마주 바라보았다.

 무슨 이유에선지 여자들은 밖으로 나와서 손님을 끌어당기거나 유혹하는 등의 호객 행위를 하지 않았다. 그저 정육점 진열대에 늘어놓은 벌건 고깃덩이처럼 정필과 다혜를 멍한 눈으로 막연하게 좇고 있을 뿐이다.

 여자들을 보면서 정필은 자신도 모르게 눈살을 찌푸리고 있지만 다혜는 평소와 다름없는 덤덤한 표정으로 그렇게 몇 개의 가게 진열대를 지나쳐서 걸어갔다.

골목 양쪽에 다닥다닥 붙어 있는 수십 개의 가게 광경은 다 거기에서 거기로 대동소이했다.

매춘은 인류 역사상 가장 오래된 직업이라고 정필은 어디에선가 보거나 들었던 기억이 있다.

몇 푼의 돈을 주고 여자의 성을 산다는 자체가 못마땅했지만 정필로서는 그 오래된 상거래 행위를 어떻게 해결할 방법이 없다.

현재의 그로서는 지구상의 어느 한 귀퉁이 예화툰에서 몸을 팔고 있는 오재희라는 여자를 구하는 것이 목적이다. 그녀를 찾아내서 구하거나 운이 좋아서 다른 탈북녀를 한두 명 더 구한다면 그로서는 최선이다.

"저기."

나란히 걷고 있는 다혜가 팔꿈치로 정필의 팔을 툭 건드리며 한곳을 바라보았다.

마침 정필도 '미미치'를 발견했다. 두 사람이 걸어가고 있는 전방 왼쪽 유리문 위에 간판이 걸려 있는데 온통 꽃이 그려져 있는 한가운데에 '秘密妻'라는 글자가 춤을 추듯이 흘림체로 적혀 있고 그 위에 한글로 '미미치'라고 적혀 있다. 촌스럽기 짝이 없는 간판이다.

정필과 다혜는 두리번거리지도 않고 곧장 미미치로 걸어갔다. 정필은 여자인 다혜가 동행이라는 사실을 거의 염두에 두고 있지 않았다.

지난 며칠 동안 탈북녀 25명을 구하면서 별별 해괴한 꼴을 다 겪었었지만 다혜는 눈도 까딱하지 않고 정필의 훌륭한 파트너 역할을 잘 해주었다.

다혜의 욱! 하는 성격으로 봐서는 어떤 상황에서는 정필이 원하지 않는 행동을 취할 것 같았지만 전혀 그런 일은 벌어지지 않았다.

그녀는 상대하고 대화가 이어지지 않을 경우에 반드시 정필이 하려고 한 행동만 한 박자 앞질러서 했다.

그렇다고 정필이 무얼 어떻게 하라고 명령한 것도 아닌데 그녀는 그의 생각을 훤하게 읽고 있는 것처럼 꼭 그대로만 행동했다.

드륵—

정필은 미미치의 유리문을 옆으로 밀고 성큼 안으로 들어가고 다혜가 바싹 뒤따랐다.

미미치도 다른 가게들과 다름없이 4명의 화장이 짙은 젊은 여자들이 앉아 있었으며, 정필과 다혜가 들어섰는데도 아무도 일어나지 않은 채 앉아서 쳐다보기만 했다.

김길우 말로는 예화툰에 가서 마음에 드는 여자를 호명하거나 거기에 앉아 있는 여자를 지목하면 그녀가 방으로 안내해서 시중을 든다고 했었다.

골목 밖은 영하 25도의 강추위인데 유리문 하나 사이의 미미치 안쪽은 온기가 거의 없이 냉랭했고 스토브 주위만 훈훈한 기운이 감돌았다. 얇은 드레스를 입고 몸을 거의 다 드러낸 여자들이 스토브 곁을 떠나지 않으려는 것이 충분히 이해가 된다.

정필은 앉아서 자신을 쳐다보고 있는 4명의 여자를 빠르게 훑어보았지만 그녀들 중에서 얼굴도 모르는 오재희를 찾아낼 수는 없었다.

정필은 그녀들을 보면서 나직하게 중얼거렸다.

"오재희를 찾고 있습니다."

정필이 오재희에 대해서 아는 거라곤 예화툰의 미미치에 있다는 사실뿐이다.

여자들 중에서 3명의 여자가 가만히 앉아 있거나 중국말로 저희들끼리 뭐라고 말했다. 중국 여자들인 것 같았다.

그때 끝 쪽에 앉아 있는 파마머리에 어깨를 드러낸 새빨간 드레스를 입은 여자가 입술을 뾰족하게 내밀어서 안쪽을 가리켰다.

"안에 들어가서 빠이허라고 소리치기요."

"북에서 왔습니까?"

"그렇습다."

정필이 손을 뻗었다.

"같이 들어갑시다."

빨간 드레스의 여자는 서슴없이 일어나 안쪽으로 뻗은 좁고 어두운 통로를 앞장서서 걸어갔다. 손님을 받게 돼서 기쁘다거나 좋아하는 기색이 전혀 없었다.

그녀는 정필과 다혜가 두 명이니까 여자도 두 명이 필요할 거라고 생각했을 것이다.

문득 그녀가 걸음을 조금 늦추더니 상체를 정필의 가슴에 기대듯이 눕히면서 소곤거렸다.

"우리 술 마시기요. 안주 하나 하고, 그래도 됨까? 그래 봐야 80위안 추가하면 됨다."

5m 길이의 통로가 끝나자 양쪽에 다닥다닥 붙은 작은 문이 죽 이어졌고 그 끝에 한 명의 사내가 팔짱을 끼고 등을 어깨에 기댄 채 정필 등을 쳐다보고 있었다.

"그것보다……."

빨간 드레스의 여자는 사내 안쪽에 대고 중국말로 뭐라고 외쳤다. 정필이 무슨 말을 하려고 했지만 그의 말을 들으려고도 하지 않았다.

사내 너머 어디에선가 걸쭉한 여자의 목소리가 들렸다.

"하오!"

빨간 드레스의 여자는 벽에 기대어 서 있는 사내 조금 못 미친 곳의 방문 앞에 서서 안에 대고 말했다.

"빠이허(白合), 손님 모시고 들어가꼬마."

"어……."

나무 벽 너머에서 기어들어 가는 여자의 목소리가 들렸다.

척!

여자는 안의 대답을 다 듣기도 전에 문을 열고는 옆으로 비켜서서 정필과 다혜에게 턱으로 안쪽을 가리켰다.

"들어가기요."

정필은 조금 망설였다. 어차피 이 집 주인이나 포주에게 돈을 주고 오재희와 지금 문을 열어주고 있는 여자를 데려갈 텐데 굳이 안에 들어갈 필요가 있을까 하고 생각하다가 일단 안으로 들어갔다. 진짜 오재희인지 확인할 필요가 있기 때문이다.

아니, 들어가고 자시고 할 공간이 없다. 앞서 들어가던 정필이 들어가자마자 낡은 소파에 발이 걸려서 걸음을 멈추었는데 뒤따르던 다혜가 얼굴을 그의 등에 부딪쳤다.

"앉기요."

여자가 맨 뒤에 들어오면서 다혜와 정필을 슬쩍 안으로 밀었다. 정필이 소파에 앉지 않으면 다혜가 들어갈 수 없고, 그녀가 앉지 않으면 여자가 들어오지 못할 정도로 실내가 좁았다.

2평 남짓 공간 문 바로 안쪽에 다 낡은 소파가 양쪽에 있고 가운데 조그만 테이블이 있으며, 그 옆에 딱 붙어서 툇마루처럼 올라간 공간이 있는데, 거기에 이불이 깔려 있는 걸 보니 침대로 사용하는 용도인 듯했다.

폭이 2m가 겨우 될까 말까한 실내에는 빨랫줄 같은 것이 쳐져 있으며 거기에 손가락 골무 같은 것 10여 개가 주렁주렁 매달려 있어서 키가 큰 정필의 목에 걸렸다.

정필이 빨랫줄을 들어 올리는 걸 보고 여자가 대수롭지 않게 말했다.

"그중에서 쓸 만한 거 고르기요."

정필이 그게 뭔가 싶어서 만져보니까 여자가 설명했다.

"그런 거 처음 봄까? 빠오씨엔타오(保險套) 아임까? 그거이 깨끗하게 씻었기 때문에 사용해도 일 없슴다."

다혜가 '빠오씨엔타오'가 무언지 해석했다.

"콘돔이랍니다."

정필은 만지고 있던 골무를 닮은 고무를 슬며시 놓고 소파에 앉으면서 가죽 장갑을 벗어 주머니에 넣었다.

정액이 담겨 있던 콘돔을 씻어서 재사용을 한다는 말은 생전 처음 들어보았다. 중국이니까 가능한 얘기다.

여자는 정필과 다혜를 서로 마주 보게 앉히고 자기는 다혜 옆에 앉으면서 침대 이불에 앉아 있는 여자에게 정필 옆을 가리켰다.

"빠이허, 너래 이 동지 옆에 앉으라우."

정필은 침대에 앉아 있던 여자가 무릎걸음으로 엉금엉금 기어오다가 소파로 내려오는 모습을 지켜보았다.

그녀는 긴 머리를 뒤로 묶었는데 누워 있었는지 부스스했고 화장을 하지 않은 얼굴에 단추를 풀어헤친 블라우스와 홈웨어 같은 긴 치마를 입었다.

그녀가 침대에서 내려오려고 할 때 치마가 말려 올라가서 새하얀 허벅지와 팬티가 드러났지만 그녀는 조금도 개의치 않고 정필 옆에 앉았다.

풀썩!

"아……."

아니, 앉았다기보다는 몸을 던져 쓰러졌다는 표현이 맞다. 그녀는 소파에 앉으려다가 발이 어디에 걸린 사람처럼 엎어지면서 정필 옆에 앉으며 상체가 그의 품에 안겼다.

"미… 안함다."

그녀가 손으로 정필의 허벅지를 짚고 상체를 일으키는데 몸에서 뜨거운 열기가 확 끼쳤다.

정필이 팔로 그녀의 어깨를 감싸고 다른 손으로 이마를 짚어보니까 펄펄 끓는 불덩어리다.

얼굴은 땀투성이고 머리카락이 흠뻑 땀에 젖어서 창백한 얼굴에 달라붙었다. 이 여자는 감기 그것도 지독한 독감에 걸린 게 분명했다.

열이 얼마나 있는지 정필이 손바닥으로 그녀의 얼굴과 목을 쓰다듬듯이 만지는 것을 보고 맞은편에 앉은 여자가 음탕한 눈빛을 던졌다.

"이보쇼. 술 한 잔 하기도 전에 시작할 거임까?"

정필은 그녀의 말을 무시하고 빠이허라는 여자의 얼굴에 달라붙은 머리카락을 쓸어 올리며 물었다.

"오재희 씨입니까?"

그녀가 반쯤 감은 눈으로 정필을 쳐다보았다.

"그저께 내가 흑룡강성 치타이허(七台河)라는 곳에서 오주희 씨를 구해왔습니다."

"어……."

이곳 사창가에서의 이름이 빠이허이고 원래는 오재희라는 예쁜 이름으로 불렸던 여자는 대못으로 심장을 쿡 찌른 것 같은 표정으로 정필을 바라보았다. 그녀의 콧등으로 땀 한 방울이 주르르 흘러내렸다.

며칠 전에 정필 등이 구한 탈북녀 중에 오주희가 있었는데, 석 달 전에 자신과 여동생 오재희가 각각 다른 곳으로 팔려갔다면서 그녀를 꼭 찾아달라고 애원했었다.

정필은 박종태의 수첩을 뒤져서 오재희라는 이름을 찾아냈으며, 그녀가 길림시의 어느 술집으로 팔려갔다는 사실을 알아내고 길림시로 달려갔었다.

그렇지만 오재희는 그 술집에 없었다. 순순히 실토하지 않는 술집 사장을 족치고 나서야 정필은 오재희가 술집에서 탈출했다가 붙잡혀서 술집 사장에게 밉보인 죄로 연길의 사창가에 팔아넘겨졌다는 사실을 알아냈던 것이다.

사장 말로는 그게 40일 전의 일이었다고 했으니까 오재희는 이곳에서 지난 40일 동안 창녀 생활을 한 것이다.

"어제 길림시 '빠오위'에 갔었습니다."

"아아……."

정필의 말에 그를 바라보는 오재희의 눈이 커지고 두 눈 가득 눈물이 찰랑찰랑 고였다.

오재희가 처음에 팔려간 술집이 길림시 빠오위(寶玉)라는 룸싸롱이었다.

"어… 언니야는……."

정필은 오재희의 어깨를 감싸고 뺨을 어루만졌다.

"여기 연길에 있습니다."

"그… 그거이… 참말임까……?"

"그렇습니다. 여기에서 걸어서 20분 거리에 있습니다."

"으으… 으흐응……."

오재희는 몸을 바들바들 떨면서 소나기처럼 눈물을 쏟기 시작했다.

"대답해요. 오재희 씨가 맞습니까?"

오재희는 울면서 고개를 마구 끄떡였다.

"으응… 으흐응… 맞슴다……. 제가 오재희임다……."

그녀는 조금 전까지 예화툰 미미치의 창녀 빠이허였다가 정 필에 의해서 오재희로 다시 태어났다.

다혜 옆에 앉아서 조금 전에 음탕한 소리를 하던 빨간 드레 스의 여자도 얘기가 어떻게 돌아가는 것인지 대충 짐작하고 는 펑펑 울고 있었다.

정필은 흐느끼는 오재희를 품에 안고 쓰다듬으며 맞은편의 여자를 바라보았다.

"북한에서 왔습니까?"

"그… 렇습다."

"이름이 뭡니까? 당신이 원하면 여기에서 데리고 나가겠습 니다."

"향미임다… 김향미……. 저도 데려가 주기요… 어흑흑……!"

향미는 울면서도 뭔가 두려운 듯 자꾸 문 쪽을 힐끗거리면 서 목소리를 낮추었다.

"여기 깡패들 있습다……. 도망치다가 걸리면 죽습다……. 내는 여기 아가씨 데리고 도망치려다가 칼에 찔려서 죽은 남조 선 사람 봤습다……."

향미의 입에서 새롭고도 놀라운 사실이 흘러나오자 정필과 다혜는 움찔 놀랐다.

그러나 정필은 방금 향미가 한 말의 진위는 나중에 확인해 도 늦지 않을 테니까 지금은 향미와 재희를 여기에서 데리고 나가는 것이 우선이라고 판단했다.

"걸을 수 있겠습니까?"

정필이 부드럽게 물어보자 오재희는 고개를 끄떡였다.

"여기에서 나가서리 언니야를 볼 수만 있다면 기어서라도 나가갔슴다."

"갑시다."

정필은 재희를 붙잡고 일어나서는 따라 일어나고 있는 향미에게 말했다.

"향미 씨가 재희 씨를 부축하세요."

척!

정필이 문을 열자 다혜가 먼저 나갔다.

"제가 처리할게요."

다혜는 정필과 함께 다니면서 탈북녀들을 구하는 과정에 골치 아픈 일들을 여러 차례 잘 처리한 경험이 있었다.

어떨 때는 정필보다 더 폭력적으로 대처하는 바람에 문제를 키울 뻔했던 적도 있었지만 대체적으로 후하게 80점 정도는 줄 수 있다.

다혜는 나가자마자 통로 안쪽 벽에 비스듬히 기대서 담배를 피우고 있는 사내 쪽으로 걸어가면서 태연하게 중국말로 말했다.

"빠오무허자이(포주 어디에 있나)?"

다혜가 뜻밖에도 여자 목소리를 내자 사내 표정이 약간 변하며 벽에서 등을 뗐다.

"조선말로 해라이."

사내는 조선족이었다. 다혜는 자신들이 실내에서 한 말을 사내가 조금쯤은 들었을지도 모른다고 생각했다.

하기야 연길에 살고 있는 조선족이 60% 이상이라고 하니까 사창가의 기둥서방이나 깡패가 조선족이라고 해도 이상할 게 없다.

다혜는 멈추지 않고 사내에게 걸어가며 엄지손가락으로 뒤쪽을 가리켰다.

"저 여자들 여기에서 데리고 나가겠다. 얼마면 되나?"

사내는 다혜 앞에 우뚝 서서 담배를 깊이 빨더니 그녀 얼굴에 짙은 담배 연기를 내뿜었다.

"사겠다는 거이니?"

"그래. 얼마냐?"

사내는 느물느물한 표정을 지었다.

"에미나이 하나에 2만 위안씩 합이 4만 위안 내라이."

정필 뒤에서 재희를 부축하면서 나오고 있는 향미가 쨍한 목소리로 외쳤다.

"무시기 소리를 그리 함매? 내는 8천 위안에 팔려왔고 애는 만 위안에 팔려왔으니까니 둘이 합쳐서 18,000위안이지 무슨 헛소리를 하는기요?”

사내는 담배를 바닥에 버리고 발로 비벼서 껐다.

“이자가 붙었다는 말이다, 이자가.”

올해 들어서 위안화는 달러에 대해서는 평가절하를 하고 한국 돈에 대해서는 조금 더 평가절상을 해서 1위안 당 한화 140원이다.

4만 위안이면 560만 원으로 결코 적은 돈이 아니다. 연길에서는 아파트 2채 값이다. 그러나 사람 몸값 그것도 가련한 탈북녀를 구하는 일이라면 천만 금이라도 아깝지 않다는 것이 정필의 생각이다.

“이봐.”

“돈 내겠다.”

다혜가 뭐라고 말하려는데 뒤에서 정필이 불쑥 말했다.

“돈은 누구에게 주면 되나?”

스포츠머리에 콧수염을 짧게 길렀으며 미간에 흉터가 있는 사내는 어? 하는 표정을 지었다.

“너 참말이냐?”

“누구에게 주면 되나?”

사내는 정필을 쏘아보다가 휙 몸을 돌렸다.

“따라오라우.”

다혜가 힐끗 뒤돌아보자 정필은 따라가자고 턱짓을 했다.

입구에서부터 양쪽에 도합 12개의 닭장 같은 방을 지나자 통로가 오른쪽으로 꺾였고, 거기에 냄새 나는 지저분한 주방과 그 옆에 문이 하나 나타났는데 사내는 문을 벌컥 열고 옆으로 비켜섰다.

"들어가라우."

활짝 열린 문 안 쪽은 제법 넓은데 실내에는 아무것도 없이 저만치에 책상 하나가 덜렁 놓여 있고, 그 너머에는 커튼이 쳐져 있는데 침대인 것 같았다.

책상 너머에는 불도그처럼 생긴 사내가 옆모습을 보인 채 의자를 뒤로 젖힌 자세로 비스듬히 누운 것처럼 앉아서 눈을 감고 있다가 비시시 눈을 뜨고 문으로 들어오고 있는 다혜와 재희, 향미, 그리고 맨 뒤의 정필을 게으른 눈빛으로 천천히 훑어보다가 툭 내뱉었다.

"뭬이야?"

불도그도 조선족이었다. 그의 가래 끓는 소리에 문 밖에 서 있는 사내가 징그럽게 씩 웃었다.

"이 에미나이들을 돈을 내고 사갔담다."

정필은 불도그가 이곳 미미치의 사장일 거라고 직감했다.

"저년들을 사갔다고? 얼마에?"

"둘이 합쳐서리 4만 위안이라고 했슴다."

불도그는 갑자기 자신의 다리 쪽을 손으로 툭 쳤다.

"그만 됐다이."

그러자 정필 쪽에서는 보이지 않는 책상 너머에서 무릎을 꿇고 무언가를 하고 있던 여자가 부스스 일어서면서 손등으로 입술을 닦았다.

그런데 그녀가 입은 드레스의 위가 벗겨져서 허리에 걸려 있고 어깨와 유방을 다 드러낸 모습인데도 그녀는 조금도 부끄러워하거나 허둥대지 않고 태연하게 드레스를 끌어 올리며 정필 쪽을 쳐다보았다.

불도그 역시 얼굴색 하나 변하지 않은 채 벗었던 바지와 팬티를 입으면서 말했다.

"에미나이 둘에 10만 위안 내라이."

조금 전에는 흉터 사내가 4만 위안이라고 했는데 사장으로 보이는 불도그는 10만 위안이라고 한다. 한화로 1,400만 원, 아까 불렀던 가격에 두 배하고도 반이다.

다혜가 쨍! 소리쳤다.

"장난하는 거냐?"

불도그는 일어서더니 다혜를 쳐다보며 능글거리면서 손으로 자신의 사타구니를 툭툭 쳤다.

"네가 내 거 빨아서 싸게 해주면 4만 위안으로 해주꼬마."

"알았어."

다혜는 길게 생각할 것도 없다는 듯 성큼성큼 불도그에게 걸어갔다.

불도그가 '어?' 하는 표정을 짓는 사이에 다혜는 책상을 돌아가서 불도그 앞에 한쪽 무릎을 꿇고 앉았다.

"바지 벗어라."

"이 에미나이래……."

다혜가 씩 미소 지으며 불도그의 하체로 두 손을 뻗었다.

"얼른 꺼내라. 빨아줄 테니까,"

"이… 이 종간나에미나이……."

불도그는 괴춤을 움켜잡고 주춤 뒤로 물러나는데 얼굴이 잔뜩 일그러졌다. 설마 다혜가 이렇게 나올 줄은 예상하지 못했기 때문이다.

다혜는 일어나면서 경멸의 미소를 지었다.

"병신새끼, 빨아달라고 해서 빨아준다는데도 못 하냐?"

"이 종간나……."

다혜는 두 손을 허리에 얹고 냉정한 표정을 지었다.

"앉아라."

"……."

다혜의 발이 멀뚱하게 서 있는 불도그의 복부를 내질렀다.

퍽!

"허윽!"

불도그가 의자에 털썩 주저앉을 때 정필은 빙글 몸을 돌리면서 열려 있는 문 밖으로 튀어나가며 놀란 얼굴을 하고 있는 사내에게 덮쳐갔다.

"헛?"

움찔 놀란 사내가 미처 반응을 취하기도 전에 정필의 주먹이 송곳처럼 옆구리를 찍었다.

퍽!

"흐윽!"

사내는 제법 체구가 크고 싸움질이나 할 것처럼 보였으나 정필의 주먹 한 방을 옆구리에 맞고 얼굴이 하얗게 질려서 그대로 고꾸라졌다.

"끄으으……"

정필은 엎드려서 끙끙거리는 사내의 뒷덜미를 잡고 실내로 질질 끌고 들어가 바닥에 패대기치고는 문을 닫았다.

옆구리 급소를 제대로 맞으면, 더구나 정필의 주먹 같은 강펀치라면 한동안 숨도 쉬지 못할 정도로 고통스럽다.

재희와 향미는 갑자기 돌변한 상황에 크게 놀라서 어쩔 줄을 모르는데 정필이 부드럽게 미소 지으면서 괜찮다고 고개를 끄덕여 보였다.

다혜는 복부를 걷어차이고 의자에 앉아서 끙끙거리고 있는 불도그를 쳐다보며 조용한 목소리로 물었다.

"너희들 대한민국 사람 칼로 찔러서 죽였다면서?"

"······."

다혜는 재희와 향미의 가격 흥정을 건너뛰었다. 일이 이렇게 된 이상 그보다 살인범을 잡는 게 우선이라고 판단했기 때문이다. 그렇지만 불도그는 일그러진 표정에 동공이 살짝 흔들렸을 뿐 아무 말도 하지 않았다.

"니가 죽였니?"

순간 불도그가 발작적으로 벌떡 퉁겨 일어나면서 다혜를 공격하려고 했다.

"이 쌍간나······."

픽!

"흑!"

불도그가 어떤 행동을 취하기도 전에 다혜의 발길질이 또다시 그의 복부를 내질렀다.

다혜는 의자에 털썩 주저앉은 불도그의 면상에 가죽 장갑 낀 주먹을 정면으로 두 방 갈겼다.

빽! 빽!

"왁!"

불도그는 콧등을 강타당하고 의자와 함께 뒤로 주르르 밀려서 벽에 부딪쳤다. 불도그의 코가 깨져서 코피가 흘렀고 그의 얼굴이 보기 싫게 일그러졌다.

"으으······."

"또 덤벼봐라. 이번에는 아예 대갈통을 박살내 줄 테니까."

"흐으……."

불도그는 피범벅 얼굴에 한 가닥 두려움이 떠올라 다혜를 바라보았다.

정필이 향미에게 물었다.

"향미 씨, 누가 대한민국 사람을 죽였습니까?"

향미는 정필과 다혜가 불도그와 사내를 동네 개 패듯이 다루는 걸 보고는 용기를 냈다.

그녀는 바닥에 쓰러졌다가 꿈틀거리면서 일어나고 있는 사내를 가리켰다.

"저… 저눔 남잡이(해코지)가 그랬습다. 열흘 전에 제가 지하실에 물건 가지러 갔다가 지하실 창고 문이 조금 열렸는데 남잡이가 붙잡혀 온 남조선 남자를 칼로 찌르는 거이 똑똑히 봤습다."

휘익!

"뎨져라잇!"

그때 사내 남잡이가 벼락같이 일어나면서 정필에게 덮쳐 가는데 손에는 어느새 새하얀 칼이 쥐어져 있고 그 칼이 정필의 가슴을 향해 찔러가고 있었다.

정필은 허리를 슬쩍 비틀어서 찔러오는 칼을 피하는 것과 동시에 오른손으로 남잡이의 칼 쥔 팔뚝을 움켜잡고 등 뒤로 비틀었다.

우두둑…….

"으악!"

둔탁하게 뼈 부러지는 소리가 나면서 남잡이는 멱따는 비명을 터뜨렸다.

그 순간 정필의 칼날 같은 당수가 남잡이의 목을 강하게 내리찍었다.

퍽!

"끅!"

정필이 미미치에서 재희와 향미를 데리고 큰 도로로 나가니까 도로변에 레인지로버가 대기하고 있었다.

정필이 근처에서 기다리던 김길우에게 전화를 해서 오라고 한 것이다.

정필은 레인지로버 뒷자리에 재희와 향미를 태우고 운전석의 김길우에게 기다리라고 하고는 다시 미미치로 향했다.

미미치는 어수선했다. 정필과 다혜가 포주 겸 사장인 불도그와 남잡이를 작살내는 소리가 꽤 크게 났었고, 또 정필이 재희와 향미를 데리고 나간 것 때문에 미미치의 여자들과 주방에서 일하는 중국인 여자는 모두 통로에 나와서 불안한 표정으로 수군거리고 있었다.

정필이 여자들을 뚫고 조금 전에 나왔던 방으로 다시 들어
가자 방 한가운데 서 있는 다혜가 말했다.

"여기에 있어요. 내가 지하실에 가볼 테니까요."

정필은 바닥에 꿇어앉혀진 불독과 사내를 힐끗 보고는 문
으로 걸어갔다.

"내가 가보겠습니다."

정필은 방을 나와 문을 닫고 근처에 있는 여자에게 물었다.

"지하실이 어딥니까?"

다들 한국말을 몰라서 가만히 있는데 통로가 꺾어지는 쪽
에서 누가 낮게 소리쳤다.

"그 길로 가다가 말임다. 왼짝으로 꺾어져서리 또 가다가 막
다른 곳이 나오는데 거길 밀면 지하실로 내려가는 계단이 나
옴다."

키 큰 정필은 사람들 머리 위로 방금 말한 여자를 쳐다보면
서 밖으로 나가라는 손짓을 해보였다.

"도로에 나가면 지프차가 있을 겁니다. 거기에 재희 씨하고
향미 씨가 타고 있을 테니까 그 차에 타십시오."

"얘가 내 친군데 깉이 가며는 안 되갔슴까?"

여자가 옆에 서서 초조한 표정을 짓고 있는 다른 여자의 어
깨를 감쌌다.

"같이 가십시오."

"알갔슴다!"

정필은 두 여자가 서둘러 입구로 가는 것을 보고는 몸을 돌려 방금 그녀가 가르쳐 준 대로 성큼성큼 걸어갔다.

막다른 곳에 이르니까 작은 손잡이가 있어서 잡아당기자 아래로 뻗은 캄캄한 계단이 나왔다.

탁!

손을 뻗어 벽에 스위치를 켜자 천장에 백열등이 켜졌고 아래로 열 개 남짓 뻗어 있는 나무 계단이 보였으며 그 아래쪽으로도 불이 켜졌다.

계단을 다 내려가니까 좌우와 앞쪽에 문이 3개 있는데 그중에 정면으로 보이는 문에 자물쇠가 걸려 있다.

좌우 양쪽 문에는 아무것도 걸려 있지 않은 걸로 봐서는 창고인 것 같고 정면의 방에 정필이 찾는 사람이 있을 것 같았다.

까드득!

자물쇠 고리에 척사검을 꽂고 비트니까 맥없이 부러졌다.

끼이이…….

정필은 문을 당겨서 열고 천천히 안으로 들어가다가 갑자기 오만상을 찌푸리며 손으로 코를 막았다.

"웃!"

참을 수 없이 지독한 악취가 칼로 후벼 파듯이 콧속으로 쏟아져 들어왔기 때문이다.

도대체 무슨 냄새인지 정필로서는 생전 한 번도 맡아본 적이 없는 악취라서 맡는 순간 정신이 아찔하고 속이 다 뒤집어지는 것 같았다.

얼마나 악취가 지독한지 그는 실내로 두 걸음도 채 들어가기 전에 도망치듯이 문 밖으로 나와서 잠시 헐떡거리다가 손수건을 꺼내 복면처럼 코와 입을 막은 다음에 다시 들어갔다.

"우욱……!"

그렇게 했는데도 도저히 참을 수 없는 악취 때문에 토할 것 같아서 다시 밖으로 튀어 나와 헐떡거리다가 얼굴을 가린 손수건을 풀고 공기를 한껏 들이마시고는 호흡을 멈춘 상태에서 안으로 들어갔다.

입구 벽에 스위치를 올리자 실내 천장의 백열등에 불이 들어왔다.

정필은 재빨리 실내를 둘러보았다. 실내는 나무 벽과 나무 바닥이고, 정면 왼쪽 구석에 한 여자가 벽을 향해 옆으로 누워서 웅크려 있는 뒷모습이 보였으며, 실내 오른쪽 벽 아래에 길쭉한 물체가 포대 자루에 덮여 있었다.

정필은 급히 여자에게 다가가 어깨를 흔들었다. 그는 이 여자가 대한민국 남자하고 도망치다가 붙잡혀서 이곳에 갇힌 바로 그 탈북녀일 것이라고 판단했다.

여자가 꿈틀거리면서 아주 천천히 고개를 돌렸다. 차디찬 창고 안에서 브래지어와 팬티만 입고 있는 그녀의 얼굴을 보는 순간 정필은 움찔 놀랐다.

여자의 얼굴은 참혹하게 짓이겨져 있었다. 땅에 떨어진 만두를 발로 짓밟은 것 같은 얼굴이다. 퉁퉁 부어서 거의 감겨 있는 눈과 잔뜩 부어 있는 입술과 뺨, 그리고 얼굴은 온통 피투성이다.

정필은 그제야 여자의 몸도 성한 데가 없을 정도로 멍과 핏자국으로 뒤덮여 있다는 사실을 깨달았다. 어깨와 등, 엉덩이, 다리가 피딱지와 멍으로 온통 시커멓다. 도대체 얼마나 두들겨 맞은 것인지 상상도 되지 않았다.

"윤영주 씨… 입니까?"

"으……."

정필은 부어터진 입술을 겨우 벌리고 알아듣지 못할 신음을 흘리고 있는 여자를 보면서 스스로를 꾸짖었다.

신나게 얻어맞은 불도그는 도망치다가 붙잡힌 윤영주를 지하실에 가두어놓았다고 말했었다.

그러면 여기에 쓰러져 있는 여자는 필경 윤영주가 맞을 텐데 뭘 더 확인을 하겠다고 다 죽어가는 여자한테 이름을 묻고 있다는 말인가.

"갑시다!"

확!

"아으……."

정필이 어린아이 정도의 무게밖에 안 되는 여자를 번쩍 안아들자 그녀는 상처 입은 짐승 같은 소리를 내며 몸부림쳤다. 하지만 몸부림이라는 것이 그저 아주 작게 뒤척이는 정도였을 뿐이다.

정필은 여자를 안고 나가려다가 뚝 걸음을 멈추고 포대 자루에 덮여 있는 물체를 쳐다보았다. 호흡을 오래 참아서 견디기 어려웠지만 저 포대 자루에 덮여 있는 것이 무언지 확인해야만 할 것 같았다.

이 여자를 구하려다가 남잡이에게 칼에 찔려서 죽은 대한민국 남자 시체가 여기에 방치되어 있을 가능성은 희박하지만 그래도 확인을 해야 한다.

그는 자세를 낮추고 여자를 한 팔로 안고 다른 손으로 포대 자루를 천천히 젖혔다.

그러자 이상한 것이 모습을 드러냈으며 정필은 처음에 그것이 무엇인지 알지 못했다.

그래서 천천히 살펴보다가 한순간 소스라치게 놀라서 비명을 지르면서 윤영주를 안은 채 뒤로 엉덩방아를 찧으며 주저앉았다.

"으앗!"

쿠당탕!

정필은 그것이 시커먼 나무나 그와 비슷한 물체에 양복을 입혀 놓은 것이라고 눈에 보이는 그대로 생각했었는데 그게 아니었다.

그것은 사람인데 겉으로 드러난 얼굴과 손이 심하게 부패해서 시커멓게 변했으며 거기에서 지독한 악취가 풍기고 있었던 것이다.

정필은 정신없이 윤영주를 안고 밖으로 뛰쳐나왔다.

"흐으으… 헉헉헉……."

그가 벽에 기대서 거친 숨을 몰아쉬고 있는데 품에 안고 있는 윤영주가 아주 작은 목소리로 중얼거렸다.

"저… 사람… 남조선 남잔데… 나를 데리고 도망치다가… 죽었슴다……."

향미가 목격한 것은 거짓말이 아니었다. 미미치의 깡패 남잡이라는 사내가 연길에 와서 동포애를 발휘하려던 대한민국 남자를 칼로 찔러서 죽여 저 안에 방치해 놓은 것이다.

지하실에서 윤영주를 안고 올라온 정필은 곧장 불도그의 방으로 향했다.

그는 지하실에서 다 죽어가는 윤영주를 구하고 또 시체를 본 것 때문에 큰 충격을 받았고 화가 머리 꼭대기까지 치밀어 오른 상태다.

그래서 그는 통로에 모여 있던 미미치의 여자들이 지금은 한 명도 보이지 않는다는 사실을 그냥 지나치고는 불도그의 방문을 거칠게 잡아당겼다.

확!

"⋯⋯!"

그런데 방 안에 벌어져 있는 상황을 발견한 순간 정필은 들어가려던 걸음을 뚝 멈췄다.

방 한가운데 한 사람이 피투성이가 되어 옆으로 엎어져서 얼굴을 정필 쪽으로 향하고 있는데 다혜가 분명했다.

그리고 방 안 양쪽에 시커먼 옷을 입은 사내 20여 명이 손에 몽둥이와 대도를 쥔 채 벽을 등지고 서서 정필을 무섭게 쏘아보고 있었다.

그 광경을 보고 정필이 움찔 놀라고 있을 때 느닷없이 뒤에서 몽둥이가 날아들었다.

빽!

"윽⋯⋯!"

정필이 급히 피했지만 몽둥이가 어깨를 거세게 강타했다.

어깨가 무너지듯 묵직한 통증을 느낀 정필이 윤영주를 안은 채 비틀거리면서 두 걸음 방 안으로 들어가자 재차 두 번째 몽둥이가 그의 뒤통수를 향해 맹렬하게 휘둘러 왔다.

부웅!

정필은 반사적으로 고개를 숙여 몽둥이를 피하고는 허리를 비틀어 뒤쪽에서 공격한 자에게 반격을 하려 했다. 그렇지만 두 팔로 윤영주를 안고 있는 상황이라서 마음먹은 대로 되지 않았다.

정필이 불도그의 방문을 열 때 뒤에서 몽둥이로 기습을 했던 두 사내는 방 안으로 들이닥치면서 문을 닫았다.

그와 동시에 방 안에 있던 20여 명의 사내가 일제히 사방에서 정필을 향해 몽둥이와 대도를 무섭게 휘두르면서 공격해 왔다.

부웅! 쉬이익!

20여 개의 몽둥이와 대도가 허공을 가르는 소리가 실내에 가득했다.

정필은 윤영주를 안은 채 자세를 낮추며 바닥으로 몸을 던져 구르면서 품속의 cz—75 손잡이를 움켜잡았다.

휘잉! 부웅!

그의 몸 위로 빗나가는 몽둥이와 대도들이 섬뜩한 바람 소리를 냈다.

한 바퀴 구르면서 정필은 다혜가 피 흐르는 얼굴로 자신을 쳐다보고 있는 것을 보았다.

찰나지간이지만 정필은 다혜의 눈빛이 시퍼렇게 살아 있는 것을 발견했다. 그래서 그녀가 이대로 무너지지 않을 것이라는 확신 같은 것을 느꼈다.

쿵!

바닥에 한 바퀴 크게 굴러 등을 책상 아래쪽에 묵직하게 부딪치고 멈춘 정필은 왼팔로 윤영주를 안은 채 재빨리 품속에서 cz-75를 뽑아 몸을 비틀면서 앞으로 뻗었다.

사내들이 정필을 향해 소나기처럼 몽둥이와 대도를 휘두르면서 공격을 가해왔다.

투쿵! 큐웅! 투카!

"허윽!"

"와악!"

cz-75가 연달아 불을 뿜었고 덤벼들던 사내 몇 명이 비명을 지르면서 뒤로 퉁겨지면서 빗나간 몽둥이와 대도가 책상을 두드렸다.

타타탁!

만약 정필이 책상 아래에 앉아 있지 않았더라면 권총을 쐈더라도 몽둥이와 대도에 타작을 당했을 것이다.

한 번의 공격이 주춤하는 사이에 정필은 쉬지 않고 cz-75를 다시 갈겨댔다.

투카! 투학! 투학!

"흐악!"

"크윽!"

그때 다혜가 일어나서 한쪽 무릎을 꿇은 앉아쏴 자세로 두 손으로 잡은 EAA 탄포글리오 위트니스엘리트매치를 마치 기관단총처럼 수평으로 훑으면서 연속 발사했다.

투투투… 투카카칵!

세계에서 가장 우수한 권총 10개를 꼽으라면 전문가들은 망설임 없이 cz—75를 첫 번째로 꼽고 두 번째로 EAA 탄포글리오 위트니스엘리트매치를 선택한다.

EAA 탄포글리오 위트니스엘리트매치는 높은 장인 정신으로 제작되어 반동이 적고 인체 공학적인 그립으로 이 권총을 사용하여 목표를 놓치는 일은 불가능하다고 전문가들이 입을 모을 정도이며, 긴 이름을 줄여서 'EAA 탄포글리오'라고 부른다.

정필과 다혜가 권총을 난사하자 서 있는 사내들은 모조리 뒤로 물러나 벽에 등을 붙인 채 잔뜩 겁먹은 표정으로 정필과 다혜를 쳐다보았다.

"으으으……."

"으아아… 나 죽어……."

그리고 바닥에는 총에 맞은 사내들이 쓰러져서 피를 흘리며 고통스러운 신음 소리를 내고 있는데 모두 9명이다.

하지만 죽은 자는 한 명도 없다. 정필과 다혜는 분노한 상태에서도 마지막 한 가닥 이성을 잃지 않고 생명에는 지장이 없는 팔다리나 어깨 부위만 쐈다.

사내들은 하나 같이 건장하고 젊은 청장년인데, 총에 맞지 않은 사내 모두의 얼굴에는 지독한 공포가 가득 떠올라서 덤비기는커녕 움직일 엄두도 내지 못했다.

슥―

다혜는 일어나면서 대도를 쥐고 있는 한 사내의 오른팔을 제대로 겨냥도 하지 않고 쏴버렸다.

투칵!

"와악!"

사내는 대도를 놓치면서 총알에 관통된 오른팔을 부여잡고 그 자리에 풀썩 주저앉았다.

다혜는 재차 권총을 발사할 듯이 을러대며 인상을 썼다.

"이 개새끼들아! 칼 안 버려?"

그 한 마디에 사내들의 손에서 몽둥이와 대도가 후두둑 바닥으로 떨어졌다.

이번에는 다혜의 EAA 탄포글리오가 책상 너머 의자에 앉아 있는 정장의 사내를 겨누었다.

"헛!"

다혜는 정수리에 몽둥이를 맞았는지 피가 얼굴을 타고 흘러내리는데 사나운 표정을 지으면서 흰 이를 드러내자 악귀처럼 보였다.

"저 개새끼가 대가리입니다! 죽여 버리겠습니다!"

"어어……"

다혜가 당장에라도 총을 쏠 것처럼 을러대자 움찔 놀란 정장 사내는 의자에서 벌떡 일어나면서 두 팔을 머리 위로 번쩍 쳐들었다.

"쏘… 쏘지 마라우……!"

그러나 다혜는 정장 사내를 쏘지 않고 권총을 겨누기만 하는데 쏠까 말까 갈등하는 것 같았다.

정필은 윤영주를 책상 아래에 내려놓고 천천히 일어나 권총으로 한쪽 벽을 가리켰다.

"모두 이쪽으로 모여서 꿇어라."

사내들이 정필이 가리키는 곳으로 말 잘 듣는 아이들처럼 우르르 몰려들어 서둘러 무릎을 꿇었다.

사내들은 대부분 조선족이고 몇 명은 중국인이지만 정필의 말을 본능적으로 알아들었다.

정필이 권총으로 정장 사내를 가리켰다가 방 한가운데를 가리켰다.

"너도 이리 나와라."

정장 사내는 두 팔을 올린 채 멈칫거리면서 사내들이 무릎 꿇고 있는 앞에 우두커니 섰다가 무슨 생각이 났는지 화들짝 놀라며 급히 무릎을 꿇었다.

정필은 권총을 내리고 실내를 둘러보다가 한쪽 구석에 미미치의 사장인 불도그와 남잡이가 피투성이가 되어 웅크리고 있는 것을 발견했다.

정필의 시선을 받은 불도그와 남잡이는 깜짝 놀라더니 엉금엉금 기어서 사내들이 모여 있는 곳으로 와서 끄트머리에 무릎을 꿇었다.

바닥 여기저기에는 9명의 사내가 여전히 죽는다고 신음 소리를 내면서 괴로워하고 있지만 정필과 다혜는 눈 하나 까딱하지 않았다.

"너희들 누구냐?"

정필이 조용한 목소리로 묻자 정장 사내는 움찔 하더니 짓눌린 목소리로 웅얼거렸다.

"흐… 흑사파다……."

정장 사내는 조선족이었다.

정필은 이들이 흑사파일 거라고 짐작했었다. 연길에서 이 정도 인원을 동원할 수 있다면 연변에서 가장 큰 폭력 조직인 흑사파뿐이라고 생각했었다.

"네가 흑사파 대가리냐?"

"나는 엔시(延西) 소두목이다이."

사내들에게 권총을 겨누고 있는 다혜가 설명했다.

"연길도 아니고 그냥 연길 시내 이 지역 엔시의 대가리라는 겁니다."

사창가 예화툰이 있는 이 지역을 엔시라고 한다.

"여긴 어떻게 알고 왔느냐?"

"조금 아깨 여기가 당했다고 전화가 왔었꼬마."

정필은 그것에 대해서는 더 이상 묻지 않았다. 불도그와 남잡이는 다혜가 지키고 있었으니까 흑사파에 전화를 했을 리가 없고, 아마도 밖의 여자들 중에 누군가 전화를 했을 것이다. 이제 와서 누굴 원망하겠는가. 거기까지 미처 생각하지 않았던 것이 불찰이다.

그때 정장 사내가 용기를 내서 정필에게 물었다.

"너… 헤이티엔시 아님둥?"

다혜가 상체를 정필 쪽으로 기울이며 속삭이듯 설명했다.

"흑천사(黑天使)냐는 겁니다."

정필은 대답하지 않았다.

정장 사내는 정필을 흑천사, 즉 헤이티엔시라고 확신하는 것 같았다.

"대두령(大頭領)께서 널 만나고 싶어 하신다이."

"흑사파 두목이 말이냐?"

"그렇다."

"무슨 이유냐?"

정장 사내 흑사파 엔시 소두목은 눈을 가늘게 뜨고 정필을 노려보았다.

"너… 용정 농장에서 우리 돈 훔치지 않았니?"

정필은 용정 농장에서 17명의 탈북녀를 구하는 과정에 미화 250만 달러가 든 보스턴백을 챙겼었다.

하지만 그의 기억에는 그까짓 돈보다도 그곳 차디찬 축사에서 얼어 죽은 탈북녀 3명이 천만 배나 더 강하게 뇌리에 남아 있다. 정필은 엔시 소두목을 쏘아보며 중얼거렸다.

"이 새끼 쏴버려요."

"어……."

엔시 소두목이 움찔 놀라는데 다혜가 기다렸다는 듯이 흐릿한 미소를 지으면서 EAA탄포글리오를 겨누었다.

엔시 소두목의 얼굴이 사색으로 물들었다.

"어… 쏘지 마라우……. 살려주시오……."

다혜의 입꼬리가 말려 올라가며 잔인한 미소가 매달렸다.

투각!

"허윽!"

총알이 오른쪽 어깨를 뚫자 엔시 소두목의 상체가 뒤로 벌렁 자빠졌다.

엔시 소두목은 사창가 예화툰에 흑사파 소유의 가게가 8곳이라고 했다.

연변에서 아무도 건드리지 못하는 최강의 흑사파 부하들

에게 마구 총을 갈겨대는 정필과 다혜 앞에서 엔시 소두목은
목숨을 부지하기 위해서 최대한 주둥이를 잘 놀리려고 조심
을 기했다.

정필은 서동원에게 전화를 해서 버스를 한 대 끌고 오라고
지시하고는 총 맞은 어깨에 압박붕대를 칭칭 감은 엔시 소두
목을 앞세워서 예화툰 골목 처음부터 끝까지 순례를 하면서
차례로 가게 문을 열고 소리쳤다.

"북조선에서 온 사람들 다 나오십시오! 당신들은 이제부터
자유입니다!"

예화툰에 흑사파 소유의 가게가 8개라고 했지만 정필은 전
체 가게 27곳의 문을 죄다 열어젖히고 큰 소리로 외쳤다.

30분 후에 정필과 다혜는 42명의 탈북녀를 구해서 모두 버
스에 태우고 출발시켰다.

흑사파 소유의 가게에는 평균 3명의 탈북녀가 있었고, 다른
가게에는 1~2명의 탈북녀가 있었다.

정필이 탈북녀들을 구하는 동안에도 예화툰의 포주와 사
장들은 찍소리도 못했다.

정필이 피를 철철 흘리는 흑사파 엔시 소두목을 앞세웠기
때문이고, 탈북녀들은 하나 같이 인신매매단을 통해서 불법
으로 사들였기 때문이다.

이런 소란이 벌어지고 있는 예화툰에 경찰이나 공안이 나

타나지 않으면 이상한 일이다.

그렇지만 제일 처음에 달려온 경찰은 정필이 보여준 신분증 하나에 사색이 되어 부동자세로 경례를 붙이고 발이 보이지 않게 물러났다.

아니, 그는 비단 물러났을 뿐만 아니라 다른 경찰이나 공안이 접근하지 못하도록 보초를 서주었다.

엔시 소두목은 정필이 경찰에게 내민 신분증을 슬쩍 보고는 다리에 힘이 풀려서 그 자리에 주저앉을 뻔했다.

신분증에는 굵고 선명한 붉은 글씨가 두 줄 적혀 있었는데, 윗줄에는 '吉林省黨書記' 그 아래 두 번째 줄에는 '特殊佐理人'이라고 적혀 있었으며, 그 옆에는 정필의 사진이 떡 붙어 있었다.

풀이하자면 '길림성당서기 특수 보좌관'의 어마어마한 신분인 것이다.

길림성 당서기 위엔씬은 자신의 의동생인 정필이 별 탈 없이 중국에서 지내기를 어느 누구보다도 원하는 사람이라서 그를 자신의 특수 보좌관으로 임명했었다.

뿐만 아니라 같이 갔던 다혜와 김길우는 정필의 비서(秘書)로 임명하여 두 사람에게도 신분증을 만들어주었다.

정필은 미미치 가게 앞에 엔시 소두목을 세워두고 조용한 목소리로 말했다.

"나는 지금 연길공안국장에게 전화를 해서 이곳에서 벌어졌던 대한민국 국민 살인 사건에 대해서 신고를 할 거다."

엔시 소두목은 정필하고 눈이 마주치자 감히 똑바로 쳐다보지 못하고 고개를 숙였다.

"너희들이 뭘 어떻게 하든 상관하지 않지만 살인범하고 여기 사장은 남겨둬야 할 거야."

정필은 고개 숙이고 있는 엔시 소두목의 정수리를 손가락으로 쿡 찔렀다.

"이름이 뭐냐?"

엔시 소두목은 움찔 놀라서 고개를 들고 순순히 대답했다.

"창수… 변창수임다……."

엔시 소두목 변창수는 정필에게 존대를 했다.

"몇살이냐?"

"32살임다."

"니네 대가리에게 전해라. 북조선 여자들 갖고 계속 인신매매하다가는 골로 갈 거라고 말이다."

변창수는 조심스럽게 물었다.

"골이 어딤까?"

"저승이다."

"아……."

정필은 변창수를 뒤에 남겨두고 도로 쪽으로 걸어가면서

휴대폰을 꺼내 전화를 걸었다.

"아! 국장님이십니까?"

—아! 정필 씨.

연길공안국장이 아니라 김낙현이 받았다.

—조금 전에 다혜에게 연락받았습니다. 예화툰 미미치라는 가게에서 벌어진 살인 사건 말입니다.

정필과 나란히 걷고 있는 피투성이 다혜가 무심한 표정으로 그를 힐끗 보았다.

—지금 요원들과 함께 그쪽으로 가고 있는 중입니다.

변창수는 연길공안국장하고 직통으로 통화하면서 걸어가고 있는 정필의 뒷모습을 보면서 질린 듯한 표정을 지우지 못했다.

하지만 변창수는 지나치게 긴장한 탓에 연길공안국장이 조선말을 모른다는 사실을 간과했다.

『검은 천사』 6권에 계속…

박선우 장편소설
FUSION FANTASTIC STORY

멋진 인생

Wonderful Life

태어나며 손에 쥔 것이라고는 가난뿐.

그러나 내게는 온몸을 불사를 열정과
목숨처럼 소중한 사랑이 있었다.

『멋진 인생』

모두가 우러러보는 최고의 직장이자 가장 치열한 전쟁터,
천하그룹!

승진에 삶을 바친 야수들의 세계에서 우뚝 서게 되는
박강호의 치열하지만 낭만적인 이야기!

Book Publishing CHUNGEORAM

유행이아닌자유추구-
WWW.chungeoram.com

강준현 장편소설
FUSION FANTASTIC STORY

인생을 바꿔라

『복수의 길』, 『개척자』 강준현 작가의
2016년 신작!

자신이 무엇인지 알지 못하는 정신체, 염.
세상을 떠돌며 사람의 몸속으로 들어가
에너지를 얻고 나오길 반복하던 어느 날.

사고로 인한 하반신 마비, 애인의 이별 선언.
삶에 지쳐 자살하려는 김철의 몸에 들어가게 되는데…….

"뭐, 뭐야! 아직도 못 벗어났단 말이야?"

새로운 삶을 살리라,
정처 없이 떠돌던 그의 인생 개척이 시작된다!

"어떤 삶인지 궁금하다고? 그럼 한번 따라와 봐."

Book Publishing CHUNGEORAM

철순 장편소설

FUSION FANTASTIC STORY

괴물 포식자

지구 곳곳에 나타난 차원의 균열.
그것은 인류에게 종말을 고하는 신호탄이었다.

『 괴물 포식자 』

괴물을 먹어치우며 성장한 지구 최강의 사내, 신혁돈.
그는 자신의 힘을 두려워한 인류에 의해
인류의 배신자라는 낙인이 찍히고 죽게 되는데…

[잠식이 100%에 달했습니다.]
[히든 피스! 잠들어 있던 피닉스의 심장이 깨어납니다.]

불사의 괴물, 피닉스의 심장은
신혁돈을 15년 전으로 회귀하게 한다.

먹어라! 그리고 강해져라!
괴물 포식자 신혁돈의 전설이 시작된다!

Book Publishing CHUNGEORAM